La Théorie du médaillon
et autres contes

DU MÊME AUTEUR
chez le même éditeur

Dom Casmurro et les yeux de ressac

L'Aliéniste

Esaü et Jacob

Mémoires posthumes de Brás Cubas

Ce que les hommes appellent Amour (Mémorial de Aires)

Le Philosophe ou le chien (Quincas Borba)

J.-M. MACHADO DE ASSIS

La Théorie du médaillon

et autres contes

Présentés et traduits du portugais (Brésil)
par Florent Kohler

SUITES
Éditions Métailié
5, rue de Savoie, 75006 Paris
www.editions-metailie.com
2002

ISBN : 2-86424-413-6
ISSN : 1281-5667

INTRODUCTION

La réalité de l'opinion

Ce recueil présente des contes et des chroniques de Machado de Assis [1] inédits en français, si l'on excepte « Le Miroir » traduit par Maryvonne Lapouge. Ces textes ont été choisis selon une optique bien précise : présenter de manière cohérente certains contes dits « philosophiques » ou « moraux » en essayant de retracer le cheminement de la pensée machadienne. Nous partons en effet du principe que les contes de Machado constituent un « laboratoire romanesque » où l'écrivain élabore et étudie les éléments qui viendront se fondre dans les grands romans, des *Mémoires posthumes de Brás Cubas* (1881) au *Memorial d'Aires* (1908 ; traduit sous le titre *Ce que les hommes appellent amour*). Pour ce qui est des chroniques, méconnues du public français, nous en proposons quatre, publiées en revues entre 1883 et 1895 [2]. Elles forment un échantillon assez représentatif de la palette de Machado de Assis, dont l'indignation se teinte toujours d'ironie et de scepticisme. Les charges violentes contre la hiérarchie sociale, la mentalité commerçante, la brutalité humaine,

1. Voir bibliographie en fin d'ouvrage.
2. Machado publia au long de sa carrière littéraire plusieurs centaines de chroniques, le plus souvent sous pseudonyme. Leur intérêt pour un lecteur français est cependant limité, du fait de l'appareillage critique et historique que nécessiteraient la plupart d'entre elles.

violence toujours perceptible plus d'un siècle après leur publication, n'ont jamais, le croirait-on, été comprises comme telles de son temps. Pour ses contemporains, égarés peut-être par l'attitude conformiste de l'homme, les textes de Machado étaient tenus pour suavement ironiques, teintés de bienveillance bonhomme. Or la veine pessimiste, parfois franchement noire, de Machado s'exprime en toute franchise et liberté. Son revirement littéraire, au début des années 1880, provient, cela ne fait guère de doute, d'une lecture de Schopenhauer qui est allée en s'approfondissant. Dans « Auteur de ses jours » (chronique de 1895), Machado s'en prend à la « Métaphysique de l'amour » dans laquelle il a, les années précédentes, largement puisé. La réception de Schopenhauer par Machado s'inscrit donc dans une dynamique, un parcours personnel qui devait le mener, comme Marcel Proust, à élaborer intrinsèquement à l'œuvre à la fois une métaphysique de l'existence et une esthétique.

La question du réalisme machadien est ici essentielle. On connaît par ses critiques du *Cousin Basile* d'Eça de Queiroz sa position à l'égard du Naturalisme ou Vérisme : ce n'est pas, dit-il en substance, du jour où l'on saura de combien de brins est formé un torchon que la cause de l'art aura progressé. Machado a médité la question posée par Flaubert d'une littérature qui n'aurait d'autre fin qu'elle-même. Par quels moyens la réalité se transforme-t-elle en littérature ? Comment un écrivain peut-il « figurer » la réalité ? Peut-il, après avoir répondu à cette question, voir son œuvre s'affranchir du réel et constituer un univers en soi, une « vraie vie, une vie découverte et éclaircie », selon l'expression de Marcel Proust ?

Nous avons choisi d'aborder cette question sous l'angle de la perception. La manière dont nous percevons la réalité constitue notre réalité : ce postulat philosophique est aussi une problématique romanesque. Stendhal en donne un aperçu inaugural dans *La Chartreuse de Parme*, lorsqu'il décrit la bataille de Waterloo vue par les yeux de Fabrice. Flaubert offre quant à lui l'exemple de Frédéric, qui dans *L'Education sentimentale* passe à côté de l'histoire collective et surtout de son histoire personnelle, puisque aussi bien l'histoire que lui-même manquent de « sens ». La formule qui conclut le récit que son amante Rosannette lui fait de sa vie – « Tout cela sans transition, et il ne pouvait reconstruire un ensemble » – résume parfaitement l'attitude de Frédéric confronté au réel.

C'est dans le roman *Quincas Borba* (1891) que Machado de Assis approfondit la question, en présentant la réalité comme une « couverture rapiécée », perceptible uniquement par « lambeaux ». Les désarrois du personnage sont répercutés sur le lecteur par la confusion de l'intrigue, les perpétuels démentis du narrateur et surtout l'emploi du style indirect libre, là encore hérité de Flaubert, qui contribue à brouiller la frontière entre personnage et voix narrative. La réalité est dépourvue de sens ; c'est par le biais de la perception que l'esprit en échafaude un, qui n'est hélas qu'un palliatif.

C'est donc sous l'angle de la perception que nous introduirons les contes et chroniques ici traduits. Nous chercherons à mettre en évidence la manière dont Machado élabore une phénoménologie de l'esprit – qu'est-ce que percevoir ? que perçoit-on ? – pour se pencher ensuite sur le langage lui-même, se montrant en cela un inventeur, à l'égal de Proust ou de Beckett. Le langage est-il vecteur de la réalité dans notre esprit, ou bien contribue-t-il à rendre ce monde illusoire ? Ce faisant, nous contribuerons peut-être à élargir le débat qui fait de Machado, selon une tendance actuelle de la critique, un témoin de son temps, un homme soucieux de dénoncer les rapports d'oppression. La réserve que l'on peut opposer à John Gledson[1], par exemple, est qu'il place d'emblée la distance prise par Machado sur le plan de l'idéologie, comme si l'œuvre visait à démonter un mécanisme social dont le tort serait d'être impitoyable. Mais si l'on ne peut nier que Machado ait participé, par ses chroniques essentiellement, à la réalité sociale et politique qui l'entourait, on ne peut prétendre d'emblée que sa préoccupation trahissait un engagement, quand on peut tout aussi bien penser que la proximité rendait, simplement, l'observation plus aisée. Les conclusions de ses chroniques tendent à s'abstraire du contexte, elles se situent sur le plan de la morale plutôt que de la politique, comme si les situations précises évoquées s'apparentaient à une option de mise en scène du réel, recouvrant une réalité immuable. Aussi ne faut-il pas s'étonner que dans son comportement Machado ait été un conformiste : n'entretenant aucune illusion sur les alternatives possibles à l'ordre social en vigueur, il n'avait d'autre choix qu'une formelle adhésion.

La réalité à laquelle Machado est lié, sinon sentimentalement, du moins esthétiquement, est le Rio du second Empire, qui restera après la chute de Dom Pedro II le cadre de ses romans – si l'on excepte la fin de *Esaü et Jacob* (1904), qui se déroule sous la République. L'Empire était politiquement stable depuis l'avènement de Pedro II, en 1840 ; l'empereur lui-même avait instauré un régime d'alternance entre libéraux et conservateurs, qui défendaient en vérité les mêmes intérêts ; après une tentative

1. On lira par exemple *The Deceptive Realism of Machado de Assis*, Liverpool, Francis Cairn, 1984.

de fédéralisation en 1835 qui mit plusieurs provinces à feu et à sang, les libéraux adhérèrent en effet à la politique de modération incarnée par l'empereur. La liberté de la presse et la liberté de culte étant assurées, les deux partis surent maintenir un équilibre qui excluait le surgissement d'une troisième force, cela jusque dans les années 1870, avec la fondation du Parti républicain. L'alternance impliquait cependant des bouleversements dans la carte politique du pays, puisque le chef du gouvernement pouvait destituer les présidents de province de l'autre bord pour les remplacer par ses fidèles. Ces pratiques favorisaient bien évidemment le clientélisme. Les élections étaient soumises aux pratiques des « colonels », les potentats locaux désignés ainsi de par leur grade dans la garde nationale, qui fournissaient aux chefs politiques provinciaux un certain nombre de voix garanties par l'intimidation et par la fraude [1]. Enfin, les femmes, les militaires, les prêtres et les analphabètes n'ayant pas le droit de vote, plus de 80 % de la population brésilienne se voyait exclue du scrutin.

La collusion d'intérêt des oligarchies et du pouvoir ne se démentit jamais jusqu'aux derniers mois du règne de Pedro II, et devait se poursuivre après sa chute. A partir de 1850, la culture du café devint la principale pourvoyeuse de devises de l'économie brésilienne, cette matière représentant bien vite plus de la moitié de la

1. Une nouvelle de Machado, intitulée « La Sérénissime République » raille le système électoral brésilien, sous la forme d'une société démocratique d'araignées, où les partis se divisent en « rectiligne », « curviligne », « rectocurviligne » et « anti-rectocurviligne », ces termes désignant le mode de fabrication des toiles mais aussi les fausses divergences des partis qui s'arrangent, par des fraudes diverses, pour modifier constamment la loi électorale. (In *Papéis avulsos*, 1882.)

valeur des exportations. Mais à une première phase fondée sur le travail esclave, dans la région de Rio, succéda une autre, aux alentours de São Paulo, fondée sur la main d'œuvre bon marché qui afflua d'Europe à partir de 1870. Les « barons du café » cariocas, ces riches exploitants anoblis par l'empereur, durent céder la place aux « seigneurs du café », les *fazendeiros* paulistes, aux convictions républicaines, antiesclavagistes et fédéralistes. A l'avènement de la République, en 1889, les Paulistes parvinrent à s'immiscer dans les rouages du pouvoir jusqu'à contrôler entièrement la vie politique du pays, avec l'appui des *Mineiros* (originaires de Minas Gerais, Etat fortement peuplé et se consacrant également au café). D'où l'alternance quasi automatique, jusqu'en 1930, de présidents de l'un ou l'autre Etat.[1]

Mais ce sont les « barons » qui furent les véritables contemporains de Machado, ceux qui donnaient à Rio l'aspect si singulier d'une cour royale sous les tropiques et à Pedro des airs de Napoléon III, régnant sur un empire de pacotille. Les manœuvres des capitalistes, enrichis par le travail servile ou par des spéculations peu avouables, visant à obtenir des titres ronflants qui ne recouvraient aucun droit nobiliaire, aucune possession véritable, donnaient amplement matière à réflexion – et à sourire.

La croissance du prolétariat urbain, sensible à partir des années 1870, ne provoqua pas de problème majeur avant le début du XXe siècle. L'influence de la France, alors sous l'emprise positiviste, retarda la pénétration des

1. Voir à ce sujet FURTADO Celso, *Formation économique du Brésil*, Paris, Mouton, 1972 (sur l'interpénétration pouvoir/oligarchie caféière) ou ENDERS Armelle, *Histoire du Brésil*, « Questions au XXe siècle », éd. Complexe, 1997. Pour un aperçu général, MAURO Frédéric, *Histoire du Brésil*, Chandeigne, 1994.

idées socialistes ; Comte et Taine occultaient Marx et Proudhon. Seuls quelques immigrants – pour la plupart italiens – politisés et syndiqués, allaient permettre la rébellion sporadique des ouvriers agricoles et urbains. Dans les classes supérieures, empreintes encore de mentalité esclavagiste, la frivolité était de mise et il fallut du temps avant que le terme « socialisme » ne soit plus pris comme un synonyme de « mondanité ».

Machado présente comiquement la situation dans une chronique de 1885 : un socialiste russe nommé Petroff, appliquant les résolutions de la Première Internationale, vient prêcher la révolution au Brésil. Il se rend dans un « Club socialiste » – étonné que celui-ci ait une existence légale – où il est accueilli par des messieurs et des dames fort élégants. Le bal est ouvert – quadrille, polka, etc. – puis vient le dîner. Enfin, Petroff peut prononcer son discours, très applaudi malgré son portugais défectueux, et il sort de la réunion enchanté, convaincu que le socialisme est solidement ancré au Brésil. Bref : Petroff est tombé dans un de ces clubs où viennent se délasser les riches oisifs de Rio ; leur enthousiasme est à la mesure de leur méconnaissance du drame que vivaient les populations ouvrières, entassées dans des *cortiços*, logis insalubres où la promiscuité favorisait les ravages de la fièvre jaune.

Dix ans plus tard, la plume de Machado se fait plus cruelle encore. Cette fois, la chronique, datée de 1895, met en scène une visite au Brésil de Louise Michel. Ceux qui se pressent pour la voir sont des membres de la classe supérieure, chroniqueurs mondains, clubs de jeunes filles, membres d'une Union de propriétaires... Pour la bonne société de Rio, Louise Michel est d'abord un personnage en vue, et la classe possédante, pour qui un discours politique n'a d'autre objet que de mettre en valeur celui qui le prononce ou de le placer sur la liste des « ministrables », ignore totalement la portée du discours révolutionnaire. D'où décalage comique et malentendus permanents, les propriétaires réclamant une « révolution » (au sens figuré, bien entendu) pour forcer les locataires à payer leur loyer, ne pouvant concevoir que Louise Michel, elle, emploie ce terme au sens propre.

Mais, remarque Machado, le prolétariat n'élève pas une protestation, se résigne sans mot dire à sa condition, rendu servile à la fois par le comportement des employeurs à mentalité de maîtres et par l'espoir, pour les nouveaux arrivants, de refaire leur vie.

C'est dans une nouvelle intitulée « Chapitre dernier » (1883) que Machado évoque cette situation et laisse libre cours à son pessimisme. Un jeune avocat *caipora* (malchanceux), las d'être victime du mauvais sort, décide de se suicider. Mais il inclut dans son testament une clause réclamant la distribution de centaines de paires de bottes aux pauvres des alentours. Pourquoi ? Parce qu'il a vu sous sa fenêtre un mendiant, autrement plus infortuné que lui, se promener pourtant, l'air réjoui, avec aux pieds une paire de bottes neuves :

> « Rien ne vaut rien. Aucune préoccupation de ce siècle, aucun problème social ou moral (...), rien ne vaut, selon lui, une paire de bottes. Il les contemple, il les respire, il scintille avec elles, il foule grâce à elles la surface d'un globe qui lui appartient. »

L'absence de jugement critique empêche toute mise en perspective. Le même succédera au même, et cela à jamais. La « recherche du bonheur », alibi de tous les changements, bute sur la plus chétive satisfaction.

Par ailleurs, la subordination des intérêts collectifs aux intérêts individuels, à tous les niveaux de l'échelle sociale, interdit les bouleversements : dans *Esaü et Jacob*, le confiseur Custódio n'est touché par l'avènement de la République que parce que sa boutique s'appelle « A l'Empire » et qu'il lui faudra donc, par crainte du vandalisme, engager les frais d'un nouvel écriteau. Toujours dans *Esaü et Jacob*, un vitrier-encadreur portugais, fervent absolutiste, défend toutes les idéologies et leur contraire dès lors qu'il s'agit de vendre à la fois un portrait de Louis XVI et un de Robespierre. Cette prééminence de l'intérêt immédiat, déjà troublante à l'échelle du petit commerce, prend des proportions inquiétantes lorsque sont évoqués les spéculateurs de haut vol qui gravitent autour du pouvoir.

Car Machado était bien placé, de par ses fonctions au ministère des Finances[1], pour assister à ce qui se tramait en coulisse : la lutte pour l'obtention des marchés, le trafic d'influences. A l'inverse de Zola qui voyait en l'âpreté au gain une fatalité héréditaire, comme l'était l'alcoolisme, la violence, la lascivité, Machado ne se laisse pas prendre à ces sirènes. Pour lui, le darwinisme social est une invention de ceux-là mêmes qui ont intérêt à justifier leur manque de scrupule. Dans une chronique parue dans *A Gazeta de Notícias*, le 23 août 1884, il s'en prend à ceux qui voient en l'absence de moralité un commandement issu de cette divinité d'un nouveau genre, la « lutte pour la vie », et à cette tacite acceptation

1. Il y entre le 31 décembre 1873 comme chef de bureau et y restera jusqu'à sa mort, en 1908. Il deviendra chef de section en 1876, membre du cabinet du ministre en 1880, et enfin, en 1889, directeur de la Direction des finances. Il ne cessera jamais cependant de collaborer à différents journaux. (Voir l'ébauche biographique de Renard Pérez, in *Obras completas*, éd. Aguilar, Rio, 1961, vol. I, pp. 79-84.

des excès depuis que chacun ne jure que par Darwin. Suit une description d'abus de tout ordre que cette explication à la fois scientifique et téléologique permet d'absoudre sans remords : vins frelatés, généalogies falsifiées, etc. Conclusion :

> « Que voulez-vous ? Il faut bien manger... Cartomancie, héraldique (...) ou vins frelatés dans une arrière-boutique, tout cela nous ramène à la loi de Darwin. »

Mais la source de cette âpreté réside-t-elle dans une théorie évolutionniste rafistolée à la demande, ou dans l'affirmation de la volonté individuelle dont les succès ne se fondent pas sur une quelconque loi du plus fort mais bien sur celle de l'égoïsme le plus aveugle ? Cette vision pessimiste concluant à l'inanité politique, à la toute-puissance de l'égoïsme particulier, n'a rien à envier à celle de Schopenhauer pour ce qui est de l'estime qu'il faut vouer aux hommes.

Or c'est par le biais de l'activité politique que Machado étaye son scepticisme : en effet, cette activité ne repose sur, ni ne conduit à un résultat concret, procédant uniquement du regard de l'opinion. Quant à son origine, elle ne se trouve certes pas dans un altruisme incitant à se préoccuper des « affaires de la cité », puisque celles-ci ne pèsent pas lourd devant le désir d'être ministre ou député, ou d'échanger des faveurs contre des appuis. Mais si l'égoïsme est à la base de la politique, comment se fait-il que la politique soit uniquement affaire d'apparence ? Après tout, même s'il songe d'abord à lui-même, l'affairiste ou l'opportuniste pourrait mettre en œuvre un programme en accord avec ses convictions ou ses intérêts. Mais il n'en va pas ainsi : il existe en effet un hiatus entre l'égoïsme qui motive la carrière d'un individu et la représentation de la politique, la dimension qu'elle acquiert dans les discours qui l'accompagnent et qui laissent soupçonner, non pas une hypocrisie permanente, mais un manque de fond. Nous découvrons alors que les rapports sociaux, la société elle-même, sont liés à la volonté et à la représentation[1] : désirer est pour l'égoïsme affaire de volonté, l'objet désiré est pour la conscience affaire de représentation. Ce sont ces deux données fondamentales qui orientent l'appréhension de la réalité, et on peut dire que l'œuvre de Machado repose en partie sur leurs intrications.

De la difficulte d'apprehender le reel

Rappelons brièvement la position de Schopenhauer à ce sujet et les éléments qui président à l'appréhension et à la « reconstruction » de la réalité[2].

En tant que volonté, la réalité est agissante mais imperceptible sinon comme une expérience-limite dont l'individu ne prend pas immédiatement conscience, comme c'est le cas de Bento confronté aux « yeux de ressac » de Capitou dans *Dom Casmurro* (1899). La volonté ne peut se révéler entièrement qu'à un mort, ou à un mourant, comme il advient à Brás Cubas remontant à l'origine du temps pour rencontrer Pandore, la nature mère et ennemie.

1. Rappelons que pour Schopenhauer la volonté est une tendance primaire et vitale qui pour s'exercer s'incarne dans le temps et dans l'espace. Le monde est donc la Représentation de la Volonté. Cette Volonté, ou vouloir-vivre, est sans objet. L'homme désire ainsi avant même de savoir quoi désirer.

2. Schopenhauer reprend dans ses grandes lignes les catégories kantiennes de l'entendement. Inutile de préciser que nous simplifions autant qu'il est possible.

En tant que représentation, c'est-à-dire en tant qu'elle est objet pour un sujet doué de conscience, la réalité peut être appréhendée de deux manières : par la raison, au moyen de concepts, la réalité est pensée ; par l'entendement, au moyen de la perception intuitive, la réalité est perçue. Ces deux moyens d'appréhender la réalité phénoménale – le monde comme représentation – ne sont pas sans failles.

Appréhender la réalité au moyen de la raison, c'est utiliser des concepts, donc des critères d'appréciation qui ne sont pas liés au sujet ; classification, comparaison, évaluation sont généralement considérées comme des critères objectifs, dans la mesure où elles ne concernent pas directement l'individu et où elles ne dépendent pas de la conscience, mais d'un de ses modes de fonctionnement : la logique.

Cette difficulté de définir un mode objectif d'appréhender le réel est traitée sous forme de fable par Machado de Assis dans sa nouvelle « L'Aliéniste » (1881). Le personnage de l'aliéniste représente l'idéal de l'esprit scientifique. Simão Bacamarte veut étudier la folie au moyen de critères objectifs. Ces critères ne constituent pas une simple méthode, mais une attitude qui régit l'existence même de l'aliéniste : le choix de son épouse reposait également sur une évaluation objective, son apparente capacité à mettre au monde des enfants sains. Le but de Bacamarte en fondant sa Maison verte est « d'étudier de manière approfondie la folie, ses différents degrés, à en classifier les cas, à découvrir enfin la cause du phénomène et le remède universel » [1]. Le postulat est faussé au départ : « classifier », « découvrir

1. « O Alienista » In *Papéis Avulsos* (1882), OC II, p. 256. Traduit aux éditions Métailié par Maryvonne Lapouge.

les causes », ces termes trahissent une approche rationnelle de la folie, qui est pourtant définie de prime abord comme le contraire de la raison, « parfait équilibre de toutes les facultés ». Cette méthode tourne à la farce lorsque Bacamarte se trouve confronté au dilemme suivant : interner le monde entier ou bien s'interner lui-même, lui seul s'avérant posséder le parfait équilibre de toutes les facultés. Par ce retournement comique la folie devient la raison elle-même et, l'aliéniste se retrouvant unique pensionnaire de la Maison verte, celle-ci devient effectivement une « Bastille de la raison humaine », selon l'expression du barbier Porfírio. Cette chute trahit l'échec d'une approche exclusivement rationnelle de la réalité : il n'a rien compris et rien su comprendre, celui qui voulait analyser et classifier la folie, puisqu'en se coupant du monde, il reconnaît avoir échoué à *concevoir* la folie, devenue par sa propre définition l'attitude « normale » de l'homme, donc à appréhender le comportement humain au moyen de la raison. Etre rationnel, et uniquement cela, c'est véritablement être *aliéné*, coupé de la réalité et du monde.

La seule possibilité d'établir un lien entre soi et le monde, un monde où l'insertion passe par l'irrationalité, n'est pas fondé sur la raison, et Simão Bacamarte s'est coupé de ce moyen dès le début de son entreprise : en déclarant à l'apothicaire que la charité n'entrait dans son projet que comme « le sel de l'affaire », il a exclu d'emblée la pitié, fondement de la morale selon Schopenhauer, l'unique moyen d'éprouver une « expérience d'identité », rendant ainsi caduques à la fois l'objectivité et la subjectivité.

A l'opposé de la démarche de l'aliéniste, qui repose sur l'abstraction, l'appréhension du réel au moyen de la perception intuitive est une appréhension immédiate, liée à la situation présente du sujet. Cette forme d'appréhension du réel est fragmentaire, et l'on peut se demander quel type de représentation du monde on est en droit d'attendre d'un sujet qui ne se fonderait que sur ses perceptions présentes. Une brève nouvelle de Machado, « Idées de Canari » (1895), porte précisément sur ce thème.

Dans cette nouvelle, un ornithologue découvre un canari au fond d'une brocante, dans une cage suspendue. Demandant au canari qui a été assez bas pour le vendre au brocanteur, et si le canari ne regrette pas l'espace infini et bleu, l'ornithologue se voit répondre par le canari que personne ne l'a abandonné, qu'il est ici au centre du monde et que le brocanteur est là pour le servir. L'expression « espace infini et bleu » est incompréhensible pour l'oiseau, qui définit ainsi le monde :

> « Le monde, repartit le canari avec un air docte, le monde est une boutique de brocanteur, avec une petite cage de roseau, rectangulaire, suspendue à un clou ; le canari est le maître de la cage où il habite et de la boutique qui l'entoure. En dehors de cela, tout n'est qu'illusion et mensonge. »

Emerveillé par cette réponse, l'ornithologue achète le canari et l'installe dans son salon afin de l'étudier à loisir et d'écrire avec son aide une histoire des canaris. Mais quelle n'est pas sa surprise lorsqu'il entend le canari, loin de réviser les fondements de son savoir, réviser plutôt sa conception du monde ! Car le canari va en oubliant ses expériences précédentes, pour ne percevoir le monde que d'après sa situation actuelle. Et dans cette optique, dit Schopenhauer, le monde se pose comme entourant le sujet, celui-ci en formant le centre :

> « Du point de vue subjectif où reste nécessairement placée notre conscience, chacun est à lui-même l'univers entier.

Tout ce qui est objet n'existe pour lui qu'indirectement, en qualité de représentation du sujet, si bien que rien n'existe, sinon en tant qu'il est objet de conscience. Le seul univers que chacun de nous connaisse réellement, il le porte en lui-même, comme une représentation qui est à lui ; c'est pourquoi il en est le centre. »[1]

C'est ce phénomène qui amène le canari à penser que ses maîtres sont en réalité ses domestiques. C'est là ce qu'on appelle l'égocentrisme, et Machado en offre un exemple en évoquant « l'âme bleue » de Natividade, dans *Esaü et Jacob* :

> « Cette couleur lui venait [...] de son grand père, qui avait vécu jusqu'à l'âge de quatre-vingts ans. A cet âge il croyait sincèrement que toutes les délices de ce monde, depuis le café le matin jusqu'aux sommeils paisibles, n'avaient été inventées que pour lui. Le meilleur cuisinier de la terre était né en Chine à l'unique fin d'abandonner famille, patrie, langue, religion, tout, pour lui faire griller des côtelettes et préparer son thé. Les étoiles donnaient à *ses* nuits un aspect splendide, le clair de lune également, et la pluie, s'il pleuvait, venait pour le reposer du soleil. »[2]

Cette âme « bleue » caractérise d'autres personnages machadiens, comme le Carlos Maria de *Quincas Borba* pour qui les êtres ne sont dignes de vivre que pour l'admirer. Etre sujet, c'est être un point de vue : le canari, où qu'il se trouve, tient pour réel ce qui l'entoure, et cela uniquement. Ne disposant pas d'autre moyen d'appré-

1. SCHOPENHAUER A, *Le Fondement de la morale*, trad. A. Burdeau, Aubier Montaigne, 1978, p. 105, cit. *in* L'HERNE, Cahier Schopenhauer, dir. J. LEFRANC, éd. de l'Herne, 1997, p. 371
2. *Esaú e Jacó*, OC I, p. 973.

hension que la perception intuitive, et celle-ci étant immédiate, il ne peut nuancer ses conclusions en les confrontant à l'expérience du passé, et doit les changer tout d'un bloc. On peut dire qu'il emporte sa caverne avec lui, y compris les ombres dansant sur le mur.

Perception et egocentrisme

Toute perception est égocentrique, aussi la représentation est-elle indissociable de la volonté. Si tel n'est pas le cas, on parle de « sujet connaissant pur » : le rapport au monde est alors établi sur un mode désintéressé, celui de la contemplation ; l'état contemplatif, dans lequel s'abolit la distinction sujet/objet, est un état intermittent. La démarche du conseiller Aires, personnage et narrateur des deux derniers romans de Machado de Assis, tend vers cette contemplation.

Pour l'heure, il importe de mettre en évidence ce qui apparaissait sous forme de fable dans « Idées de canari », c'est-à-dire l'inféodation de la perception à l'égocentrisme, et les répercussions de cette dépendance sur la représentation. La conséquence la plus évidente est que la perception du sujet ne peut durablement contrarier sa volonté. La réalité phénoménale est escamotable, car le sujet est maître de sa représentation. Il en allait ainsi du père de Brás Cubas qui avait fini par croire à la fable qu'il avait inventée – celle des *cubas* (des cuves) enlevées aux Maures par un lointain ancêtre. Brás qualifie cette conviction « d'imagination élevée au rang de la conscience ». De même, toujours dans les *Mémoires Posthumes*, c'est pour se préserver que Dona Plácida accepte les contes que lui chante Brás pour la rendre complice de sa liaison avec

Virgília, Brás évoquant alors une « nécessité de la conscience ».

Une conséquence de bien plus grande envergure est le fait que cet égocentrisme lie l'individu au présent. La conscience, qui normalement peut fluctuer dans un temps qui lui est propre (comme elle le fait par la rêverie ou la réminiscence), se voue parfois à cette dimension du présent, la vision de l'univers étant alors soumise à une constante réévaluation, ignorante du passé comme de l'avenir. C'était le cas de notre canari, et c'est aussi celui du Baron de Santos, époux de Natividade dans *Esaü et Jacob*, un personnage qui ne s'inscrit pas dans la durée, mais dans le présent :

> « Santos n'avait pas d'imagination concernant la postérité. Il voyait le présent et ses merveilles. » [1]

C'est ici que l'on discerne la principale limite d'une conscience assujettie à la volonté, cette volonté schopenhauerienne qui sous-tend l'œuvre de Machado de Assis : le désir ne connaît ni passé ni avenir, il est le présent, à tout instant, d'un univers soumis au temps et à l'espace. La conscience perd alors ses attributs essentiels, qui sont la distance, qui permet le jugement et la mise en perspective, et la mémoire, qui assure la continuité du sujet. Cette vacuité ou « insipidité » comme la qualifie Aires, est mise en évidence par celui-ci à l'occasion d'un compliment adressé à Santos concernant la qualité de ses cigares :

> « Santos fut touché par ce compliment ; il y trouvait une attention adressée à sa personne, à ses mérites, à son nom, à sa position dans la société, à sa maison, à sa villa, à la Banque,

1. OC I, p. 959.

à ses gilets. [...] Aires ne pouvait se dissimuler l'aversion que cet homme lui inspirait. [...] C'était sa personne, ses sensations, ses paroles, ses gestes, son rire, son âme tout entière qui lui faisaient mal. »[1]

La réaction de Santos est donc un révélateur de sa sottise, mais d'où provient cette sottise ? Elle est liée au fait qu'à la vision de Santos manque une dimension essentielle, qui est la perspective. Sa vision des choses consiste à placer tous ses motifs d'intérêt sur le même plan : gilets, cigares, épouse, enfants... Santos possède, à défaut d'esprit, une âme *vulgaire*, dépourvue de conscience, d'élévation, de mémoire, de faculté d'appréciation. En toute chose, par son goût pour les cigares, par sa perpétuelle recherche de partenaires pour jouer aux cartes, Santos répond au portrait de l'homme borné, incapable de souffrir l'inactivité, portrait dressé par Schopenhauer dans ses *Aphorismes sur la sagesse dans la vie* :

> « La raison pour laquelle les têtes bornées sont tellement exposées à l'ennui, c'est que leur intellect n'est absolument pas autre chose que *l'intermédiaire des motifs* pour leur volonté. [...] C'est pourquoi dans tous les pays les jeux de cartes sont arrivés à être l'occupation principale dans toute société ; ceci donne la mesure de ce que valent ces réunions et constitue la banqueroute déclarée de toute pensée. [...A défaut de cartes], l'homme borné se mettra à tambouriner ou à tapoter avec tout ce qui lui tombe sous la main. Le cigare lui aussi fournit volontiers de quoi suppléer toute pensée. »[2]

1. *Id*, pp.1009-10.
2. SCHOPENHAUER, A. *Aphorismes sur la sagesse dans la vie* ; trad. J. A. Cantacuzène, Paris, PUF, Quadriges, 1989, pp. 16-7. (Souligné par Schopenhauer).

Parce qu'il est lié au présent, et qu'il n'a d'autre possibilité que de réagir en fonction de la situation présente, Santos ne peut se suffire à lui-même et a besoin de distractions, d'appels de l'extérieur. Cette impossibilité d'affronter la solitude, Machado l'avait raillée dans les *Mémoires Posthumes,* lorsque Brás est incapable de porter plus d'une semaine le deuil de sa mère. Une de ses nouvelles, intitulée « Seul ! » (1885), développe en écho ce thème d'un jeune mondain décidant, sur les conseils d'un ami nommé Tobias, d'affronter quelques jours de recueillement, de vivre « en Robinson » dans une villa des faubourgs, sans autre équipage que ce qu'il trouve sur place, de vieilles lettres, des mèches de cheveux, et autres souvenirs. Une fois relues les lettres, une fois terminé le Bourgogne à la cave, l'isolement devient intolérable. Constatant l'échec de l'expérience, le jeune homme vient s'enquérir auprès de son ami des raisons de son impossibilité à affronter la solitude. La réponse est lapidaire :

> « Veux-tu savoir ? Tu as oublié le plus important dans ton équipage, et ce sont justement les idées. »

C'est la même vacuité d'esprit qui rendrait Santos incapable de supporter l'ennui d'une fréquentation de soi-même, car en toute chose, selon l'expression de Schopenhauer, son centre de gravité est extérieur à son être, et l'isolement lui révélerait son vide intérieur :

> « C'est dans la solitude, là où chacun est réduit a ses pauvres ressources, que se montre ce qu'il *a par lui-même* ; [...] Aussi voit-on en somme que tout individu est d'autant plus sociable qu'il est pauvre d'esprit, et, en général, plus vulgaire. [...] » [1]

1. SCHOPENHAUER, A. op. cit. p. 16

L'incapacité à la solitude entraîne une parfaite intégration sociale, et vice-versa. Si le sujet s'efface hors de la société où il gravite, en contrepartie le monde disparaît de la conscience dès lors qu'il n'est pas lié aux affaires courantes, comme nous le montre cette remarque concernant Teófilo, le mari de Dona Fernanda dans *Quincas Borba* :

> « La politique, c'était toute sa vie. Qu'il y eût également de la politique là-dehors, très bien ; mais qu'avait-il à voir avec elle ? Teófilo ne savait rien de ce qui se passait dans le monde, à part ce qui concernait notre dette envers Londres. »[1]

L'insipidité, la vacuité, la lourdeur d'esprit, loin d'être des handicaps, constitueraient-elles les conditions *sine qua non* de l'intégration à la réalité, comme le suggère Aires, qui tout en s'ennuyant lors d'une fête remarque que les invités sont « insipides, mais insipides par nécessité » ? Pourquoi l'insipidité serait-elle une condition nécessaire à la réussite ? Parce qu'elle permet sans doute à l'individu de s'insérer sans heurts dans une représentation collective, dont nous voudrions aborder certains aspects.

L'UNIVERS DE LA REPRESENTATION COLLECTIVE

Le lien entre égoïsme et perception implique que la représentation est variable d'un individu à l'autre, selon sa situation, ses désirs, ses objectifs. Mais la volonté étant une, les désirs individuels convergent généralement vers des objectifs massivement visés : le pouvoir, la renommée, la richesse. Entre les individus s'établissent donc des relations de compétition. Mais il y a plus : la communauté

1. *Quincas Borba*, OC I, pp. 788-9.

d'objectifs tend à niveler les représentations individuelles pour se fondre en une forme de réalité toute relative, une représentation commune, telle qu'elle peut être partagée et éventuellement inculquée, voire même « inoculée ». La valeur estimée d'un objet comme d'une idée ou d'un individu se répand selon le principe des vases communicants. Il y a donc dans la représentation une part fluctuante, extérieure au sujet, puisqu'elle n'est plus affaire de point de vue mais d'opinion publique. C'est ce phénomène que Machado appelle la « réalité de l'opinion », et que nous dénommons représentation collective. L'on pourra ici jouer aisément sur les nuances du terme « représentation », pour associer la représentation collective aussi bien au « grand théâtre du monde » qui se joue sur toute scène sociale, dans la mondanité particulièrement, qu'à la vision partagée, fondée sur l'illusion, de tous ceux qui y participent. Nous constaterons ensuite la nécessité d'une bonne intégration individuelle dans ce processus collectif pour quiconque souhaite entreprendre une carrière publique – la fameuse « théorie du médaillon », sur laquelle nous reviendrons.

On imagine sans peine, d'un point de vue sociologique, les conséquences que peut avoir cette faculté de l'esprit d'un individu à adopter la représentation d'autrui, depuis le développement des sectes jusqu'aux discours belliqueux tenus par toute une nation. Machado s'en est tenu, à son habitude, à développer cette idée dans une nouvelle, pour ensuite la tenir pour acquise dans ses romans. Cette nouvelle, intitulée « Le Secret du bonze » (1882) est un pastiche de la *Pérégrination* de Fernão Mendes Pinto, aventurier du XVIe siècle relatant ses voyages en Asie.

Un sage, fatigué de passer sa vie à méditer dans le désert sans recevoir l'hommage de ses contemporains, s'aperçoit de la vanité de ses efforts en vue de la sagesse, et, nouveau Zarathoustra, développe devant quelques disciples, dont Mendes Pinto, une théorie audacieuse, une « doctrine » qui n'est rien d'autre que celle du canular, de la fumisterie. En s'apercevant que chacun serait prêt à jurer de l'existence de la pierre de lune, celle qui posée au sommet d'une montagne éclaire toute une région, le bonze nommé Pomada découvre le pot aux roses :

> « Je considérai cet exemple et entendis que, si une chose peut exister dans l'opinion, sans exister dans la réalité, et exister en réalité sans exister dans l'opinion, il faut conclure que des deux existences parallèles la seule nécessaire est celle de l'opinion, et non celle de la réalité, qui n'est qu'avantageuse. »

Les implications sont multiples. La plus immédiate est dans la publicité commerciale : un des disciples du sage Pomada, cordonnier de son état, répand la rumeur que ses sandales font fureur à l'étranger. Aussitôt ses ventes décuplent. Mais cette publicité s'applique aussi bien à l'individu : on s'en souvient peut-être, Brás Cubas éprouvait fortement « la passion de l'éclat, du tapage, de la fontaine lumineuse » et le « goût de briller », convaincu par son père que « les hommes se font valoir de différentes manières, et que la plus sûre est de valoir par l'opinion des autres hommes. »

C'est dans la nouvelle « Fulano » (1884) que le procédé est dévoilé dans ses tenants et ses aboutissants. *Fulano* se traduit en français par Trucmuche ou Tartempion, et est renforcé par le patronyme *Beltrão*, de sens identique. Fulano Beltrão est donc un citoyen comme les autres, qui fait ses affaires et ne s'occupe que de sa famille. Un jour, paraît dans un journal un compliment anonyme adressé à ses qualités – bon père de famille, bon citoyen, etc. La machine est lancée. Désormais Fulano se tournera vers le public, organisera coteries et réunions, sera de toutes les souscriptions, deviendra franc-maçon, membre d'une confrérie religieuse, abolitionniste, tour à tour libéral et conservateur, et saura toujours, toujours, susciter un écho de ses faits et gestes dans la presse. Fulano, sans aucune charge, sans aucun mandat, devient un homme public, estimé, influent.

Mais peut-on parler de supercherie ? Dans le cas de Fulano Beltrão ou de Brás Cubas, il n'y a nullement intention de tromper. La conviction de sa propre valeur se grave dans la représentation des autres et finit par valoir comme une réalité. Mais cette conviction ne vaut que par l'effet retour : c'est le propre de la vanité que de fonder sa valeur sur l'opinion d'autrui. Dès lors comment se mouler dans cette opinion qui élève un monument à la médiocrité ? C'est précisément le secret révélé par un père de famille, expliquant à son fils comment devenir un bon « médaillon ».

« Théorie du médaillon »[1] (1881) est une nouvelle fameuse à juste titre. La « théorie » qu'elle expose constitue un véritable vade-mecum de l'homme public. Loin d'estimer que l'absence de qualités originales, d'idées propres et de talents particuliers constitue un handicap, le père du « médaillon » démontre qu'en cette absence réside la clé du succès. Mieux vaut éviter la réflexion : cela pourrait indisposer ceux qui ne pensent pas. Eviter également les idées personnelles, car l'opinion préfère retrouver en chacun des idées familières. Ne se distinguer en rien, sur-

1. Un « médaillon », au Brésil, désigne l'individu qui, dépourvu de qualités propres mais doué du sens du calcul et des relations, se hisse à des fonctions qu'il est incapable d'exercer, ce qui correspond *grosso modo* à ce que nous appelons « arrivisme ».

tout, car c'est là le meilleur moyen d'être reconnu comme capable. Mais, s'inquiète son fils, serai-je à la hauteur de cette médiocrité ? Le père le rassure sur ce point ; la tâche est difficile, mais pas impossible. En effet, explique-t-il,

> « Si je ne m'abuse, mon fils, tu me parais doué de la parfaite ineptie mentale qui convient à ce noble office. Je ne me réfère pas tant à la fidélité avec laquelle tu rapportes dans un salon les opinions entendues au coin de la rue, et vice-versa [...]. Non ; je me réfère à la contenance rigide et compassée avec laquelle tu as coutume d'exposer franchement tes sympathies ou tes antipathies à l'égard de la coupe d'un gilet, des dimensions d'un chapeau, des bottes neuves qui grincent ou ne grincent pas. Voilà un symptôme éloquent, voilà une espérance. »

Pour éviter que ne surgisse, malgré cette prédisposition à n'en avoir aucune, quelque idée nouvelle, le médaillon devra inlassablement fréquenter des gens de son espèce, répéter en tout lieu les mêmes anecdotes, et ne se risquer dans une librairie que pour y évoquer les cancans du jour. Quant à l'usage du vocabulaire, il doit à tout prix être cantonné à des images ternes, aisément perceptibles, et s'il faut l'orner quelque peu, alors on pourra employer quelque formule latine vidée de sa substance : *si vis pacem para bellum*, *caveant consules*, et ainsi de suite... L'usage du lieu commun, partout et en toute occasion, est fort utile ; si l'on parle de changer une loi, il faut répondre : commençons par changer les mœurs !

> « Et cette phrase concise, transparente, limpide, tirée du bagage commun, résout plus promptement le problème, pénètre dans les esprits comme l'éclat du soleil. »

C'est par cet humour cruel que Machado de Assis révèle les mécanismes de la réussite mondaine, préambule à toutes les autres. Pour valoir dans la représentation collective, il faut se mettre en scène en tant que sujet. Le sujet exposé au public – le seul sujet nécessaire, si l'on en croit le bonze Pommade – doit se mouler dans l'opinion commune, avec ce que cela implique de gommage des aspérités, de conformation. On ne peut s'empêcher de trouver le même processus dans la conception de l'amitié selon Marcel Proust :

> « J'en étais arrivé à Balbec, à trouver le plaisir de jouer avec des jeunes filles moins funeste à la vie spirituelle, à laquelle du moins il reste étranger, que l'amitié dont tout l'effort est de nous faire sacrifier la partie seule réelle et incommunicable (autrement que par le moyen de l'art) de nous-mêmes, à un moi superficiel, qui ne trouve pas comme l'autre de joie en lui-même, mais trouve un attendrissement confus à se sentir soutenu sur des étais extérieurs, hospitalisé dans une individualité étrangère [...]. »[1]

Proust appelle donc la part réelle de notre être ce que la représentation collective exige que nous sacrifiions. On ne peut en effet offrir à l'opinion que ce qu'elle attend : l'image même des idées du moment, des courants en vogue, des préjugés et des rumeurs du jour. La conscience devient elle-même représentation, simple reflet, et l'on est en droit de s'inquiéter du sort de l'autre face du médaillon, le côté tourné vers l'individu. Qu'en est-il si le sujet est tout entier contenu sur la face publique ?

Machado donne la réponse dans la nouvelle « Le Miroir » (1882), où un jeune lieutenant, étrennant son uniforme, le trouve si beau qu'il ne le quitte plus. L'admi-

1. PROUST Marcel, *A la recherche du temps perdu*, Gallimard, « Pléiade », 1987-9, vol. II, p. 689

ration qui l'entoure n'a pas de bornes : du jour au lendemain le lieutenant est entouré de l'estime générale, et l'affection qu'on lui porte redouble au sein de sa famille. Mais alors qu'il se repose dans une *fazenda* appartenant à des parents, ceux-ci le laissent seul pour quelques jours. Il n'a donc plus besoin de déambuler en uniforme. C'est ainsi, dans cette maison abandonnée, devenue sépulcrale, que se révèle son « âme intérieure », comme l'appelle le lieutenant racontant son histoire :

> « J'éprouvais une sensation inexplicable. J'étais comme un mort qui marchait, un somnambule, un pantin mécanique. [...] Au bout de huit jours, j'eus l'idée de me regarder dans un miroir [...]. Je regardai et je reculai. La glace elle-même semblait s'être conjurée avec le reste de l'univers ; elle ne refléta pas ma silhouette de manière nette et entière, mais vague, évanescente, diffuse, l'ombre d'une ombre. »

Le jeune mondain de la nouvelle « Seul ! », confronté à lui-même, éprouvait un ennui mortel car sa conscience ne suffisait pas à l'entretenir. Le lieutenant du conte Le Miroir, poussant la vacuité à son extrême limite, n'est plus qu'un simple reflet, et par conséquent disparaît lorsqu'il n'est plus représentation pour autrui. Sa conscience ayant fusionné avec l'image qu'il est devenu, son uniforme est désormais lui-même, ainsi qu'il en fait l'expérience – car une fois revêtu de cette apparence, cette « âme extérieure » qui a supplanté « l'intérieure », le lieutenant réapparaît dans le miroir.

En sacrifiant l'individualité pour se mouler dans la représentation d'autrui, dans « l'être perçu », ce n'est pas la volonté qui disparaît, mais la conscience. L'individu n'est plus sujet de la conscience : « pantin mécanique » se donnant en spectacle, il est volonté d'un côté, et représentation de l'autre, ce qui selon Schopenhauer correspond à cet état clinique vulgairement appelé « mort » – le sujet disparaît, la volonté reste[1]. N'aurions-nous donc affaire qu'à une volonté s'exerçant librement dans un monde d'illusions, peuplé de « fantômes sans substances » ?

La politique et le « rien »

Nous avons vu que la conscience pouvait n'être que l'intermédiaire entre le désir et l'objectif, entre la volonté et les motifs ; mais aussi, quand elle se soumettait à la représentation collective, quand elle n'en était plus qu'un reflet, que la conscience pouvait littéralement s'effacer, la volonté seule restant d'un côté, et la représentation collective de l'autre. Reste à savoir dans quelle réalité s'exerce la volonté ainsi délivrée de la conscience. En effet, le monde de la représentation, la réalité phénoménale n'existe que dans la conscience qui la perçoit. Que la conscience vienne à disparaître, le monde disparaît avec elle. Mais que le monde disparaisse pour un individu *vivant*, voilà qui confine à l'aporie. Est-ce à cela que Machado de Assis voulait en venir ?

Prenons pour exemple les répercussions du premier discours de Brás Cubas à la Chambre des députés, où il évoquait la nécessité de raccourcir les calots des gardes nationaux :

1. *MVR*, p. 359 : « En effet, c'est comme phénomène que le particulier est périssable ; comme chose en soi, il est au contraire hors du temps, donc il n'a pas de fin. Seulement c'est aussi comme phénomène, et à nul autre titre, qu'il se distingue des autres choses de l'univers ; car comme réalité en soi, il est la même volonté qui se manifeste en tout, et la mort n'a qu'à dissiper le mirage qui faisait paraître sa conscience comme séparée du reste. »

« L'impression produite par ce discours fut variée. Quant à la forme, aux envolées d'éloquence, à la partie littéraire et philosophique, l'opinion fut unanime : tous me dirent que c'était une réussite, que d'un calot jamais personne n'avait tiré tant d'idées. Mais la partie politique fut considérée par beaucoup comme étant déplorable ; certains taxaient mon discours de désastre parlementaire ; enfin, on vint m'annoncer que d'autres me tenaient désormais pour un membre de l'opposition, et parmi ceux-là, les membres de l'opposition eux-mêmes. [...] Je repoussai énergiquement une telle interprétation [...] ; j'ajoutai que la nécessité de rétrécir les calots n'était pas si urgente qu'elle ne pût attendre quelques années. »[1]

Le discours fait référence à une réalité indéniable : l'existence d'une garde nationale. Néanmoins, la garde nationale n'est pas l'objet du discours, elle n'est que son support. La réalité que recouvre cette intervention est l'affirmation politique de Brás Cubas, sa volonté d'homme public, et c'est ainsi que les députés la prennent en le soupçonnant d'être passé à l'opposition, soupçon que vient confirmer la retraite effectuée par le malheureux impétrant – la nécessité de réduire le calot « n'était pas si urgente qu'elle ne pût attendre quelques années ». Ainsi, il apparaît que les calots n'ont été utilisés ici que comme prétexte à la rhétorique du politicien désireux d'être admis par ses pairs, en démontrant qu'il maîtrise le langage, le jargon propre à la corporation. Ce discours met donc en évidence deux choses qui n'ont que peu de liens avec la garde nationale : d'abord, la capacité de Brás Cubas à entrer dans le jeu de l'opinion commune selon laquelle un homme public montre du brio dans la mani-

1. *Memórias Póstumas*, OC I, pp. 624-5.

pulation des idées, sans que celles-ci aient nécessairement un lien avec le réel ; mais, c'est le second point, cette stratégie échoue car il apparaît que, ce faisant, Brás Cubas affirmait trop clairement son désir d'ascension, sa pugnacité. Le sujet choisi (les calots) montre par son aberration même que le discours ne repose nullement sur une réalité extérieure mais sur une réalité intérieure, le désir de paraître, la volonté d'affirmation.

Le langage, instrument propre à la conscience, accorde un signifié à tout signifiant, désigne le monde, le restitue, l'articule, l'évalue... Sans le langage, sans sa capacité à établir des relations logiques complexes, pas de liens de cause à effet sinon les plus immédiats, les signaux d'alerte, par exemple. Le langage, c'est aussi la représentation transmissible d'un individu à l'autre, clé de toute communication. Aussi, que penser d'expressions telles que *Caveant, consules*, ou *avant de changer la loi, changeons les mœurs* ? Proust nous a donné l'exemple du marquis de Norpois, un homme aux compétences reconnues. Ses interventions ont valeur d'oracle. Même à la retraite, le diplomate conserve le maintien et l'expression d'un initié du quai d'Orsay. Mais le narrateur, qui a bien failli sur ses conseils abandonner l'écriture, laisse apparaître le vide que représente le langage du marquis, ce langage qui a fait sa réputation.

> « C'est aux idées qui ne sont pas à proprement parler des idées, aux idées qui, ne tenant à rien, ne trouvent aucun point d'appui, aucun rameau fraternel dans l'esprit de l'adversaire, que celui-ci, aux prises avec le pur vide, ne trouve rien à répondre. Les arguments de M. de Norpois étaient sans réplique parce qu'ils étaient sans réalité. »[1]

1. *RTP* I, p. 552.

Sans réalité pourquoi ? Parce qu'ils reposent sur des préjugés, des clichés, qui partagent la caractéristique de n'avoir pas été filtrés par la conscience, et de se substituer dans celle-ci à la réalité. Or, ainsi que l'explique Olga Bernal, citant la *Philosophie des formes symboliques* d'Ernst Cassirer :

« L'homme ne pense pas seulement et ne comprend pas seulement le monde au moyen du langage ; l'intuition totale qu'il en a et la manière dont il vit cette intuition sont conditionnées par ce moyen même. Sa compréhension d'une réalité objective – la manière dont il la dispose devant lui comme un tout et la forme, la divise et l'articule en particulier – rien ne serait possible sans l'énergie vivante du langage. »[1]

Le langage est donc la condition de la réalité dans la conscience ; mais, et c'est là le point fondamental, *la réalité n'est pas la condition du langage*. Or la démarche de Norpois présente avec celle de Brás Cubas à la Chambre une affinité évidente : le besoin de fécondation du langage par la réalité va chez eux en s'amenuisant, au point que leur discours semble suivre le mécanisme de la parthénogenèse propre à certains insectes ; l'émetteur du langage est alors à celui-ci ce que la tige de rosier est au puceron, et la conscience n'est plus que le lieu où s'effectue l'opération d'énonciation. Quant à la réalité, ne trouvant plus ni place dans la conscience ni expression dans le langage, elle n'a plus lieu d'être et disparaît. Mais que reste-t-il alors ?

On peut penser qu'être un homme politique c'est être un homme de conviction, c'est avoir une conception de

1. BERNAL Olga, *Langage et fiction dans le roman de Beckett*, Gallimard, 1969, p. 175.

la réalité considérée comme suffisamment juste pour la faire partager à ses contemporains, et si possible, la leur appliquer ; une opinion émise aurait dans ce cas valeur de profession de foi. C'est cette idée que bat en brèche Machado de Assis.

Observons le cas de Camacho, le mentor de Rubião dans *Quincas Borba*, un passionné de politique :

> « A l'université, déjà, il avait fondé un journal politique, sans parti défini, mais riche d'idées cueillies ici et là, exposées en un style mi-sobre mi-pompeux [...] : *ordre par la liberté, liberté par l'ordre ; l'autorité ne peut abuser de la loi sans se bafouer elle-même ; [...] faites-moi de la bonne politique, je vous ferai de bonnes finances [...] ; plongeons-nous dans le Jourdain constitutionnel.* »[1]

Certes, nous avons affaire là à des lieux communs, mais qui sont au service d'une conviction, et cette conviction persiste bien que l'ambition ait tourné à l'aigreur, car Camacho n'a jamais fait partie d'aucun gouvernement :

> « Il portait la politique dans le sang ; il ne lisait pas, ne se souciait pas d'autre chose. De la littérature, des sciences naturelles, de l'histoire, de la philosophie, des arts, il n'avait que faire. »[2]

Camacho est donc de ceux pour qui il n'existe d'autre réalité que politique, ce qui explique son implication dans la revue *Atalaia*, qu'il dirige, et dont Rubião est le principal bailleur de fonds. La revue en question est l'organe du parti que représente Camacho. Il est donc vital qu'elle survive, surtout quand il en va des principes mêmes qui fondent le parti :

1. *Quincas Borba, ibid.*, p. 688.
2. *Id. ibid.*, p. 689.

> « Il y a du relâchement, continua Camacho ; [...] il nous faut insister sur les principes, mais franchement, noblement, en disant la vérité. Croyez bien que les chefs doivent l'entendre venant de leurs propres amis, des adhérents. Jamais je n'ai rejeté la conciliation des partis, j'ai lutté pour elle ; mais conciliation ne signifie pas ôte-toi de là que je m'y mette. »[1]

Et pourtant nous sommes pris d'un doute. A quel parti appartient Camacho ? A aucun. A qui s'adresse *Atalaia* ? A personne... N'est-ce pas là, en effet, le discours que tient la folie, un discours qui provoque le vertige car, comme les arguments de Norpois, « il est sans réalité », il surplombe le vide ? On en vient à penser que Camacho est peut-être bien, finalement, un homme de conviction, à tout le moins un homme convaincu – il en présente en tous cas les symptômes. Mais la question est posée : convaincu *de quoi* ? Et *qui* est convaincu ? Quels sont ces principes que défend Camacho, s'ils n'ont aucun lien avec la réalité ? Quelle est la conscience qui soutient l'individualité de Camacho, pour que sa volonté s'affirme ainsi dans le vide, comme hors contexte ?

La nouvelle Evolution (1884) illustre cette idée et semble l'ébauche du parcours de Camacho. Le personnage de Benedito fonde sa carrière politique sur une banalité émise au cours d'un voyage par le narrateur du récit : « Le Brésil marche à quatre pattes ; il ne se tiendra sur ses jambes que lorsqu'il sera quadrillé de voies ferrées. » L'évolution à laquelle nous fait assister le narrateur est celle de l'appropriation progressive de la formule par Benedito, au point de tourner chez lui à l'obsession. Benedito semble répondre au portrait du « médaillon » :

1. *Id. ibid*, p. 735.

narquois, le narrateur répète avec délectation l'enfilade de lieux communs qui ornent son langage. Mais grâce à la formule, la carrière de député devient envisageable. Pourtant, la seule réalité qu'elle recouvre est le désir de Benedito d'accéder au pouvoir, désir inconscient puisqu'il croit œuvrer pour le progrès du pays. Le discours final – « Les hommes ne sont rien, les principes sont tout » – ne constitue qu'un préliminaire à la répétition du leitmotiv « le Brésil marche à quatre pattes... ». En clair, cette formule n'est nullement un programme, mais un *sésame*, véritable formule magique, et Machado touche là, semble-t-il, à l'essence du discours politique, fondé non sur une réalité mais sur une ambition.

Nous voici parvenus à un point extrême dans l'argumentation de Machado de Assis. Sa démonstration est la suivante : quel rapport mes semblables ont-ils avec la réalité ? Comment concilier un « moi » égoïste avec le monde qui l'entoure ? En choisissant pour exemple la carrière politique, qui pourrait passer pour un engagement dans le réel, nous avons décelé l'existence de personnages qui n'ont aucune existence hors de la politique, aucune pensée hors de la rhétorique, aucune réalité autre que leur volonté. Le lien entre la volonté et la représentation est rompu, puisque le langage de Benedito, comme celui de Camacho, son instrument d'appréhension du réel, n'est plus relié à la réalité – le vouloir-vivre, considéré objectivement, est une folie hallucinante, un instinct sans fondement et sans motif, sans plus ni moins de justification que le mouvement irrésistible des plantes vers la lumière, n'aspirant qu'à se perpétuer dans le temps, non au travers d'un individu périssable, mais de génération en génération. Et c'est là qu'apparaît le pathétique d'une existence telle que celle du Lobo Neves des *Mémoires posthumes*, l'aigle dont on a brisé les ailes, qui vécut bafoué, inutile, injustifié, mais dont l'instinct se perpétuera dans les siècles de siècles :

> « Le fils, en grandissant, chercherait à satisfaire les ambitions du père ; il serait l'héritier de toutes ses affections. Cela, et l'activité extérieure, et l'estime générale, et la vieillesse ensuite, la maladie, le déclin, la mort, un répons, une nécrologie, et le livre de la vie serait refermé, sans aucune page tachée de sang. »[1]

Ou, pour reprendre l'expression de Schopenhauer : le phénomène disparaît, la volonté reste.

Nous ne saurions terminer cette introduction sur une note par trop schopenhauerienne. Certes, l'optique que nous avons adoptée déterminait notre corpus : les contes philosophiques. Cependant c'est à une méditation sur l'art que ces contes semblent nous mener. Machado nous présente, au sommet du décalage de la conscience et de la réalité, le langage politique comme processus de figuration du mot. Le mot, ou la formule, perd son sens propre pour acquérir non seulement un sens figuré, mais un rôle de *figuration* dans la grande comédie du pouvoir, donc un sens « figurant », purement utilitaire. C'est ainsi que les discours révolutionnaires de Pétroff ou de Louise Michel sont considérés comme inoffensifs par ceux chez qui le langage ne *signifie* rien, donc est inepte. Si l'on veut à tout prix parler d'un rôle social de l'écrivain, il est dans ce démontage permanent du monde d'illusions créé par le « bagage commun », l'expression de la « réalité de l'opinion ». La vocation artistique du monde de l'opinion est d'ailleurs raillée dans la chronique de 1883 qui évoque la

1. *Memórias*, OC I, p. 610.

création de « l'épopée bourgeoise » : la grandiloquence du langage épique, pour quelques piécettes restituées à un commerçant, crée un décalage confinant à l'absurde.

Or le processus est inverse chez l'écrivain. A propos des souffrances d'un enfant martyrisé, abandonné par ses parents dans une écurie où il sera dévoré par les poules, Machado parle d'un « mauvais quart d'heure qui dura trois jours », exposant ainsi les limites de l'expression toute faite. L'expression réelle de la douleur ne peut se faire par la description ni par la comparaison. Elle doit passer par un univers fictionnel où les égarements de la perception égocentrique, mais aussi le langage trouble du prêt-à-penser, sont maîtrisés et transcendés. Prendre le mot au pied de la lettre, surtout depuis Flaubert qui a si bien pourfendu « l'idée reçue », est pour l'écrivain l'affirmation que le langage est toujours à refaire. Pour Machado, la nouvelle et la chronique se prêtent à l'exercice : prendre pour objet le langage vidé de son sens, dans un cadre strict, comme en laboratoire, c'est découvrir les règles de la perception humaine, donc de la réalité telle qu'elle est vécue. Dans le roman, le travail littéraire consiste à élaborer un langage chargé de sens, qui serait à lui-même son propre objet, afin « d'inventer » une réalité d'un autre ordre, la réalité esthétique, ce que René Girard appelle « la vérité romanesque ».[1]

Plus tard, Samuel Beckett franchira le pas et prendra

1. Dans son essai intitulé *Le Réel et son double* (1984), Clément Rosset suggère que l'illusion métaphysique, l'idée qu'il existe une réalité autre que celle qui se présente à nous, est l'équivalent chez le penseur ou l'artiste à l'illusion commune, qui consiste à ne pas voir ce que nous ne pouvons accepter. Il est certain que Machado de Assis, comme Proust ou Conrad par exemple, a fait sien le principe métaphysique de la Volonté schopenhauerienne, et l'a suivi dans ses développements esthétiques.

pour objet de ses romans le « glissement hors du langage »[1], l'affranchissement total du réel, pour écrire enfin ce « livre sur rien » que Flaubert appelait de ses vœux. Mais ce « rien », Machado de Assis, écrivain admirable, méconnu du public cultivé de ce siècle, a su le désigner et le circonscrire.

1. C'est dans cette optique qu'Olga Bernal analyse l'évolution de l'œuvre de Beckett à partir de *Watt* (1945). En le personnage de Watt, dit-elle, s'effectue le « glissement hors du langage », qui aboutira à la scission du monde entre « l'homme et les choses d'un côté, et les mots de l'autre. » Impuissant à superposer des mots à la réalité, et incapable de s'en dispenser, Watt apparaît comme le premier héros beckettien à perdre ce « soulas sémantique », ce recours consolateur que constitue la faculté de poser sur le monde un langage, de lui appliquer ainsi un sens, ce sens fût-il celui du langage et non celui du monde. Voir BERNAL, Olga, « Le glissement hors du langage », in *Samuel Beckett*, Cahier de l'Herne, Le Livre de poche, essais, 1990, p. 214, et MONTINI Chiara, « Watt et le passage au français », in *Cahiers de théorie littéraire*, n° 2, juin 2001.

Théorie du médaillon
(Dialogue)

– Tu as sommeil ?

– Non, père.

– Moi non plus. Parlons un peu ; ouvre la fenêtre... Quelle heure est-il ?

– Onze heures.

– Le dernier convive de notre modeste dîner s'est retiré. Alors, garnement, tu as maintenant vingt et un ans. Il y a vingt et un ans, le 5 août 1854, tu voyais le jour, un petit bonhomme de rien du tout, et te voilà un homme, avec de longues moustaches, quelques amourettes...

– Papa...

– Inutile de rougir. Parlons sérieusement, comme deux amis. Ferme cette porte ; je vais te dire des choses importantes. Assieds-toi et parlons. Vingt et un ans, quelques titres de rente, un diplôme : tu peux entrer au Parlement, dans la magistrature, la presse, l'agriculture, l'industrie, le commerce, les lettres ou les arts. Une infinité de carrières s'ouvrent devant toi. Vingt et un ans, mon garçon, ne forment que la première syllabe de notre destin. Même Pitt et Napoléon n'étaient pas accomplis à l'âge de vingt et un ans. Mais quelle que soit la profession que tu choisiras, mon désir est que tu deviennes grand et illustre, à tout le moins notable, que tu te dresses au-dessus de l'obscurité du commun. La vie, Janjão, est une gigantesque loterie ; les prix sont rares, les malchanceux nombreux, et c'est avec les soupirs d'une génération que se flétrissent les espoirs d'une autre. C'est la vie ; inutile de se lamenter, de protester – il faut l'accepter intégralement, avec ses charges et ses embûches, ses gloires et ses opprobres, et aller de l'avant.

– Oui, père.

– Cependant, de même qu'il est judicieux de garder un pain pour sa vieillesse, c'est une bonne pratique sociale que de se ménager un recours, pour le cas où les autres viendraient à manquer ou ne récompenseraient pas l'effort de notre ambition. C'est ce que je te conseille aujourd'hui, jour de ta majorité.

– Croyez que je vous en remercie ; mais de quel recours s'agit-il, me le direz-vous ?

– Nul ne me paraît plus utile et plus approprié que la carrière de médaillon[1]. Etre médaillon fut le rêve de ma jeunesse ; me manquèrent cependant les instructions d'un père, et je finis comme tu me vois, sans autre consolation et soutien moral que les espoirs que je dépose en toi. Ecoute-moi bien, mon cher fils, écoute-moi et entends. Tu es jeune, tu possèdes naturellement l'ardeur, l'exubérance, la fantaisie de ton âge ; ne les rejette pas, mais modère-les de manière à pouvoir, à quarante-cinq ans, entrer franchement dans le régime de l'aplomb et de la mesure. Le sage qui a dit : « la gravité est un mystère du corps », a défini la contenance du médaillon. Ne confonds pas cette gravité-là avec cette autre qui, bien qu'elle se manifeste dans l'apparence, est un pur reflet ou une éma-

1. Rappelons que ce terme recouvre, en portugais, la notion « d'arrivisme ». Il convient de plus, un médaillon ayant deux faces, aux idées de Machado concernant les âmes « extérieure » et « intérieure » de tout individu, l'être en soi et l'être perçu.

nation de l'esprit ; celle-là provient du corps, et du corps seulement, un signe de la nature ou une manière d'être dans la vie. Quant à l'âge de quarante-cinq ans...

– C'est vrai, pourquoi quarante-cinq ans ?

– Ce n'est pas, comme tu pourrais le croire, une limite arbitraire, fille d'un pur caprice ; c'est la date normale d'apparition du phénomène. Généralement, le véritable médaillon commence à se manifester entre quarante-cinq et cinquante ans, bien que quelques cas se produisent entre cinquante-cinq et soixante ans ; mais ils sont rares. Il y en a aussi de quarante ans, et d'autres plus précoces, de trente-cinq ou trente ans ; ils sont toutefois peu ordinaires. Je ne parle pas de ceux de vingt-cinq ans : cette précocité est le privilège du génie.

– Je comprends.

– Venons-en au principal. Une fois entré dans la carrière, tu dois porter toute ton attention sur les idées que tu devras nourrir pour l'usage d'autrui et le tien propre. Le mieux serait de n'en avoir aucune ; chose que tu comprendras aisément si tu imagines, par exemple, un acteur privé de l'usage d'un bras. Il peut, par un miracle de l'artifice, dissimuler son défaut aux yeux de l'assistance ; mais il serait bien mieux de disposer des deux. Il en va de même pour les idées ; on peut, en se faisant violence, les étouffer, les cacher jusqu'à sa mort ; mais cette capacité n'est guère commune, et cet effort constant ne saurait d'ailleurs convenir à l'exercice de la vie.

– Mais qui vous dit que moi...

– Si je ne m'abuse, mon fils, tu me parais doué de la parfaite ineptie mentale qui convient à ce noble office. Je ne me réfère pas tant à la fidélité avec laquelle tu rapportes dans un salon les opinions entendues au coin de la rue, et vice-versa, car ce fait, bien qu'il trahisse une certaine carence en idées, pourrait n'être rien d'autre qu'une défaillance de la mémoire. Non ; je me réfère à la contenance rigide et compassée avec laquelle tu as coutume d'exposer franchement tes sympathies ou tes antipathies à l'égard de la coupe d'un gilet, des dimensions d'un chapeau, des bottes neuves qui grincent ou ne grincent pas. Voilà un symptôme éloquent, voilà une espérance. Néanmoins, comme il se pourrait qu'avec l'âge tu en viennes à être affligé d'idées propres, il importe d'en prémunir fortement ton esprit. Les idées sont par nature spontanées et subites ; on a beau les réprimer, elles surgissent et se précipitent. De là cette sûreté avec laquelle le vulgaire, dont le flair est extrêmement délicat, distingue le médaillon complet de l'incomplet.

– Je suppose que vous avez raison ; mais un tel obstacle est insurmontable.

– Non. Il y a un moyen : se soumettre à un régime débilitant, lire des traités de rhétorique, écouter certains discours, *et cætera...* L'écarté, les dominos et le whist sont des remèdes éprouvés. Le whist présente le rare avantage d'accoutumer au silence, qui est la forme la plus poussée de la circonspection. Je n'en dirais pas de même de la natation, de l'équitation et de la gymnastique, bien que toutes trois reposent l'esprit ; mais, justement parce qu'elles le reposent, elles lui restituent les forces et l'activité perdues. Le billard est excellent.

– Comment donc, si c'est aussi une activité corporelle ?

– Je ne dis pas le contraire, mais il y a des cas où l'observation dément la théorie. Si je te conseille exceptionnellement le billard, c'est que de scrupuleuses statistiques démontrent que les trois quarts des habitués de la bille partagent les mêmes opinions. Il est fort utile de se promener en ville, principalement par les rues où l'on flâne ou parade, à condition d'être accompagné, car la solitude est une officine à idées ; l'esprit livré à lui-même, bien qu'entouré d'une foule, peut se lancer dans quelque activité.

– Mais si je n'ai pas sous la main un ami de ce genre, qui serait disposé à venir avec moi ?

– Rien de grave ; tu as le précieux recours de te mêler aux badauds, parmi lesquels toute poussière de solitude s'évanouit. Les librairies, du fait de l'atmosphère du lieu, ou pour toute autre raison qui m'échappe, ne sont pas propices à nos fins ; il est pourtant avantageux d'y entrer de temps en temps, non pas en cachette, mais au vu et au su de tout le monde. Tu peux résoudre la difficulté par un moyen très simple : celui de t'y rendre pour évoquer le cancan du jour, l'anecdote de la semaine, une affaire de contrebande, une calomnie, une comète, n'importe quoi, si tu ne préfères pas interroger directement les lecteurs coutumiers des belles chroniques de Mazade[1]. Soixante-quinze pour cent de ces aimables gentlemen te répéteront les mêmes opinions, et une telle monotonie est grandement profitable. En huit, dix ou dix-huit mois de ce régime – disons deux ans – tu réduis ton intellect, aussi prodigue soit-il, à la sobriété, à la discipline, à l'équilibre commun. Je ne parle pas du vocabulaire, car il est inclus dans l'usage des idées ; il doit être naturellement fade, simple, limité, sans notes éclatantes, sans couleurs claironnantes...

– Ah, ça ! C'est bien le diable ! Ne pas pouvoir orner son style, de temps à autres...

– Tu le peux ; tu peux employer un certain nombre de figures expressives, l'hydre de Lerne, par exemple, la tête

1. Charles de Mazade (1820-1893) : auteur de chroniques politiques à la *Revue des deux mondes*, entre 1852-58 et 1863-93.

de Méduse, le tonneau des Danaïdes, les ailes d'Icare, et d'autres encore que les romantiques, les classiques, les réalistes emploient sans faillir, quand besoin est. Sentences latines, mots historiques, vers célèbres, brocards juridiques, maximes, il serait sage d'en emporter avec toi pour les discours de fin de repas, de félicitations ou de remerciements. *Caveant, consules* est une excellente conclusion pour un article politique. J'en dirais de même de *Si vis pacem para bellum.* Certains ont coutume de rajeunir la saveur d'une citation en l'intercalant dans une phrase nouvelle, originale et belle, mais je ne te recommande pas cet artifice ; ce serait en dénaturer la grâce surannée. Mais tout cela n'est après tout qu'un ornement ; il y a mieux encore : ce sont les phrases toutes faites, les locutions conventionnelles, les formules consacrées par les ans, incrustées dans la mémoire individuelle et publique. Ces formules ont l'avantage de ne pas obliger les autres à fournir un effort inutile. Je ne les énumère pas pour l'instant, mais je le ferai par écrit. Du reste, c'est la pratique du métier qui t'enseignera peu à peu les éléments de cet art difficile de penser le repensé. Quant à l'utilité d'un tel système, il suffit d'une hypothèse. On édicte une loi, on l'applique, elle ne produit aucun effet, le mal subsiste. Voilà bien une question qui pourrait aiguiser les curiosités oisives, donner lieu à une enquête pédantesque, à une collecte fastidieuse de documents et d'observations – analyse des causes probables, des causes certaines, des causes possibles, étude interminable des aptitudes du sujet réformé, de la nature du mal, de la manipulation du remède, des circonstances de son administration ; matière enfin à tout un échafaudage de paroles, de concepts et d'incongruités. Tu épargnes à tes semblables tout ce grand étalage ; toi, tu dis simplement : avant de réformer la loi, réformons les mœurs ! Et cette phrase synthétique, transparente, limpide, tirée du pécule commun, résout plus rapidement le problème et pénètre dans les esprits comme l'éclat du soleil.

– Je vois que vous condamnez toute application de procédés modernes.

– Entendons-nous. Je condamne l'application, je loue la dénomination. Il en va de même pour toute cette récente terminologie scientifique. Bien que le signe particulier du médaillon soit une certaine attitude de dieu Terminus[1], et que les sciences soient l'œuvre du mouvement humain, si tu dois plus tard devenir un médaillon, il te faut employer les armes de ton temps. Et de deux choses l'une : ou bien elles seront utilisées et vulgarisées d'ici trente ans, ou elles conserveront leur nouveauté : dans le premier cas, elles t'appartiendront en bien propre ; dans le second, tu peux avoir la coquetterie de t'en munir, pour montrer que tu connais la musique. A l'oreille, avec le temps, tu sauras distinguer à quelles lois, cas et phénomènes correspond toute cette terminologie ; car la méthode qui consiste à interroger les maîtres et les disciples d'une science à travers leurs livres, leurs études et leurs mémoires, est non seulement ennuyeuse et éprouvante, mais fait aussi courir le risque de contracter quelque idée nouvelle ; elle est radicalement erronée. Ajoute à cela que le jour où tu en viendrais à maîtriser l'esprit de ces lois et de ces formules, tu serais probablement amené à les employer avec pertinence, comme la couturière – experte et très demandée – qui selon un poète classique,

1. L'invocation de ce dieu fantaisiste signifie selon nous que le « médaillon » constitue le point final de toute pensée.

ménage d'autant sa coupe qu'abonde le tissu,
Car elle n'a pas souci de se montrer prodigue.

– Et ce phénomène, s'agissant d'un médaillon, ne serait certes pas scientifique.

– Fichtre ! Que la profession est difficile !

– Et nous ne sommes pas arrivés au bout.

– Eh bien, allons-y.

– Je ne t'ai pas encore parlé des avantages de la publicité. La publicité est une dame séductrice et hautaine, que tu dois gagner à force de petits cadeaux, de confiseries, de sachets parfumés, des gestes infimes qui expriment la constance de ton affection plutôt que l'audace ou que l'ambition. Que Don Quichotte sollicite ses faveurs par des actions héroïques ou des sacrifices est bien le propre de cet illustre lunatique. Le véritable médaillon a une autre politique. Loin d'inventer un *Traité scientifique d'élevage des moutons*, il achète un mouton et l'offre à ses amis sous la forme d'un dîner, dont la nouvelle ne saurait laisser ses concitoyens indifférents. Une nouvelle en amène une autre ; cinq, dix, vingt fois remets ton nom devant les yeux du monde. Les commissions ou les députations pour féliciter un décoré, un méritant, un étranger ont des vertus singulières, de même que les confréries et les associations diverses, qu'elles soient mythologiques, cynégétiques ou chorégraphiques. Les événements d'un certain ordre, bien qu'anodins, peuvent être mis en lumière s'ils valorisent ta personne. Je m'explique. Si tu tombes d'une voiture en étant quitte pour la peur, il est utile de l'annoncer aux quatre vents, non pour le fait en soi, qui est insignifiant, mais pour rappeler à l'affection générale un nom qui lui est cher. Tu as compris ?

– J'ai compris.

– C'est là une publicité constante, facile et peu coûteuse, une publicité de tous les jours ; mais il y en a une autre. Quelle que soit la théorie des arts, il est hors de doute que le sentiment de la famille, l'amitié personnelle et l'estime publique incitent à la reproduction des traits d'un homme apprécié et méritant. Rien ne s'oppose à ce que tu sois l'objet d'une telle distinction, principalement si la sagacité de tes amis ne discerne en toi nulle répugnance. Dans un cas semblable, non seulement les règles de la plus élémentaire politesse t'obligent à accepter le portrait ou le buste, mais il serait malvenu d'empêcher tes amis de l'exposer en quelque lieu public. De cette manière le nom demeure lié à la personne ; ceux qui auront lu ton récent discours (supposons) à la session inaugurale de l'Union des coiffeurs reconnaîtront dans la composition des traits l'auteur de cette œuvre grave, dans laquelle le « levier du progrès » et la « sueur du travail » parviennent à vaincre les « gosiers béants » de la misère. Dans le cas où une commission t'apporterait le portrait à demeure, tu dois la remercier de son obligeance par un discours plein de gratitude et un verre d'eau ; c'est un usage ancien, raisonnable et honnête. Tu inviteras ensuite tes meilleurs amis, tes parents, et si possible une ou deux personnalités en vue. Mieux encore : si ce jour est un jour de gloire ou de réjouissance, je vois mal comment tu pourrais refuser une place à table aux journalistes. Quoi qu'il en soit, si les obligations de ces messieurs les retiennent ailleurs, tu peux les aider d'une certaine manière, en rédigeant toi-même le compte rendu de la fête ; et si par un scrupule bien excusable tu ne veux de ta propre main associer à ton nom des qualificatifs dignes de lui, un ami ou un parent peut s'en charger.

– Je dois dire que ce que vous m'enseignez n'est pas du tout facile.

– Je ne prétends pas le contraire. C'est difficile, cela prend du temps, beaucoup de temps, des années, il faut de la patience, du travail, et heureux sont ceux qui parviennent à entrer en terre promise ! Ceux qui n'y pénètrent pas, l'obscurité les engloutit. Mais ceux qui triomphent ! Et tu triompheras, crois-moi. Tu verras s'effondrer les murs de Jéricho au son des trompettes sacrées. Alors seulement tu seras fixé. De ce jour commencera une phase où tu seras l'ornement indispensable, la figure incontournable, la référence obligée. Finie, la nécessité de flairer les occasions, de sonder les commissions, les confréries ; ce sont elles qui viendront te trouver, avec leur air balourd et cru de substantifs esseulés, et tu seras l'adjectif de ces prières opaques, l'*odoriférant* des fleurs, l'*azuré* des cieux, l'*exemplaire* des citoyens, le *remarqué* et le *sémillant* des comptes rendus. Et être cela, c'est le principal, car l'adjectif est l'âme de la langue, sa part idéaliste et métaphysique. Le substantif est la réalité nue et crue, c'est le naturalisme du vocabulaire.

– Et vous prétendez que tout ce travail ne sert qu'à suppléer les déficits de l'existence ?

– Bien sûr ; aucune autre activité n'est exclue.

– Pas même la politique ?

– Pas même la politique. Toute la question est de ne pas enfreindre les règles et les obligations capitales. Tu peux appartenir à n'importe quel parti, libéral ou conservateur, républicain ou ultramontain, à la seule condition de n'associer aucune idée spéciale à ces vocables, et de leur reconnaître seulement l'utilité du *Shibbolet* biblique[1].

1. A la suite de la victoire de Galaad sur Ephraïm, les Galaadites démasquaient les fuyards en leur demandant de prononcer le mot *Shibbolet*. Ceux qui prononçaient *Sibbolet* étaient mis à mort, car éphraïmites (*Livre des Juges*, 12, 5-6).

– Si j'entre au Parlement, pourrai-je monter à la tribune ?

– Tu le peux et tu le dois ; c'est un moyen de réclamer l'attention publique. Quant à la matière de tes discours, tu as le choix : ou bien les menus détails, ou bien la métaphysique politique ; mais tu préféreras la métaphysique politique. Les menus détails, il faut bien l'avouer, ne déparent pas cette platitude de bon ton, propre au médaillon achevé ; mais, si tu le peux, adopte la métaphysique ; c'est plus facile et plus attrayant. Suppose que tu désires savoir pour quel motif la septième compagnie d'infanterie a été transférée d'Uruguaiana à Canguçu ; tu ne seras écouté que par le ministre de la Guerre, qui t'expliquera en dix minutes les raisons de cet acte. Il en va autrement de la métaphysique. Un discours de métaphysique politique passionne naturellement les partis et le public, il appelle les apartés et les réponses. Et puis il n'oblige ni à penser ni à inventer. Dans cette branche des connaissances humaines tout est découvert, formulé, étiqueté, empaqueté ; il suffit d'ouvrir le balluchon de la mémoire. En tout cas, ne transcende jamais les limites d'une enviable vulgarité.

– Je ferai mon possible. Aucune imagination ?

– Aucune. Fais plutôt courir le bruit qu'un tel don est infime.

– Aucune philosophie ?

– Entendons-nous : sur le papier et la pointe de la langue, d'accord ; dans la réalité, aucune. La « Philosophie de l'Histoire », par exemple, est une locution que tu dois employer fréquemment, mais je t'interdis d'aboutir à d'autres conclusions que celles auxquelles d'autres sont parvenus. Fuis tout ce qui peut ressembler à de la réflexion, de l'originalité, *et cætera, et cætera.*

– Le rire aussi ?

– Comment cela, le rire ?

– Rester sérieux, très sérieux...

– Cela dépend. Tu as un tempérament badin, plaisant, tu ne dois ni l'étouffer ni le supprimer ; tu peux plaisanter et rire de temps en temps. Médaillon ne veut pas dire mélancolique. Un homme grave peut avoir ses moments d'expansion joyeuse. Seulement – et ce point est délicat...

– Dites-moi.

– Seulement tu ne dois pas employer l'ironie, ce frémissement du coin des lèvres, plein de mystère, inventé par quelque Grec de la décadence, contracté par Lucien, transmis à Swift et à Voltaire, caractère propre aux sceptiques et aux désabusés. Non. Emploie plutôt la gaudriole, cette bonne vieille gaudriole, bien grasse et bien replète, franche, sans voiles et sans arrière-pensées, que l'on prend en pleine figure, qui sonne comme une tape dans le dos, qui fait claquer de rire les bretelles. Emploie la gaudriole. Qu'est-ce que c'est ?

– Il est minuit.

– Minuit ? Tu entres dans ta vingt-deuxième année, mon gaillard ; te voilà définitivement majeur. Allons dormir, il est tard. Réfléchis bien à ce que je t'ai dit, mon fils. Toutes proportions gardées, la conversation de ce soir vaut *Le Prince* de Machiavel. Allons dormir.

Le miroir

Ebauche d'une nouvelle théorie de l'âme humaine

Tard, un soir, quatre ou cinq gentilhommes débattaient diverses questions attenant aux sphères les plus hautes, sans que la disparité de leurs opinions entamât en rien le point de vue de chacun. La maison était sise sur les hauteurs de Santa Teresa, et la pièce, de petite dimension, était éclairée par des bougies dont la lueur se mariait mystérieusement avec la clarté dispensée du dehors par la lune. Ainsi, suspendus entre la ville et son agitation, ses aventures, et le ciel où les étoiles clignotaient à travers une atmosphère limpide et sereine, nos quatre ou cinq investigateurs de la chose métaphysique s'occupaient-ils à résoudre avec aménité les problèmes les plus ardus de l'univers.

Pourquoi ce chiffre de quatre ou cinq ? Ceux qui parlaient n'étaient en toute rigueur qu'au nombre de quatre ; mais il y avait également dans la pièce un cinquième personnage, silencieux, pensif, à demi ensommeillé, et dont toute la contribution se bornait par intervalles à un grognement d'approbation. C'était un rentier, originaire de province, du même âge approximativement, entre quarante et cinquante ans, que ses compagnons, un homme intelligent, non dépourvu d'instruction, et d'esprit, semble-t-il, astucieux et caustique. Il ne prenait jamais part aux discussions ; il justifiait son abstentionnisme par un paradoxe, arguant que débats et discussions sont une résurgence, policée, de l'instinct guerrier, une sorte d'héritage bestial ; et il ajoutait que les séraphins et les chérubins qui représentent, on le sait, la perfection éternelle et spirituelle, ignorent la discussion. Cette nuit-là, comme une fois de plus il se retranchait derrière son habituelle argumentation, l'un des participants le mit au défi de démontrer – il en était bien incapable – ce qu'il disait. Jacobina (c'était son nom) prit un temps de réflexion avant de répondre :

– Tout bien pesé, peut-être avez-vous raison.

Mais voici que ce taciturne notoire, guère beaucoup plus tard, vers le milieu de la nuit, s'empara de la parole, et ce, non pas pour quelques minutes, mais bien pendant une bonne demi-heure. La conversation, dans ses méandres, vint à tomber sur la nature de l'âme, point sur lequel les quatre amis divergèrent radicalement. Autant d'esprits, autant d'avis ; non seulement la concertation, mais jusqu'à la discussion elle-même s'avérèrent laborieuses, pour ne pas dire impossibles, vu la multiplicité des questions découlant de la première, et peut-être aussi à cause, pour une petite part, de l'inconsistance des opinions. L'un des argumentateurs demanda à Jacobina s'il avait une conviction – ou tout au moins quelque proposition à leur soumettre.

– Ni conviction, ni présomption, rétorqua Jacobina. L'une comme l'autre pourraient prêter à dissension et, comme vous savez, je refuse la discussion. Mais si vous voulez bien m'entendre en vous abstenant de commenter, je puis vous raconter un épisode de mon existence qui fait la plus claire des démonstrations concernant la matière dont vous traitez. En premier lieu, il n'y a pas qu'une seule âme, mais deux...

– Deux âmes ?

– Pour le moins deux. Chaque créature humaine abrite deux âmes, qui regardent l'une du dedans vers le dehors, l'autre du dehors vers le dedans... Etonnez-vous tout votre soûl ; haussez les épaules ; restez-en bouche bée, ou tout ce que vous voudrez, je n'admets pas la réplique. Quoi que vous m'objectiez, je termine mon cigare et vais sur-le-champ me coucher. L'âme extérieure peut être un esprit, un fluide, un homme ou plusieurs, un objet quelconque, une opération. Il peut se faire par exemple qu'un simple bouton de chemise – et tout autant une polka, un livre, une machine, une paire de bottes, avoir la main aux cartes, un tambour, une cavatine – soit l'âme extérieure d'une personne. Cette seconde âme, il est clair, tout comme la première, a pour office de transmettre la vie. Les deux réunies forment l'homme, lequel est métaphysiquement parlant, une orange. Qui perd l'une des moitiés perd naturellement la moitié de son existence ; la seule perte de l'âme extérieure peut dans certains cas – ils ne sont pas rares – signifier la perte de l'existence entière. Tel le cas, par exemple, de Shylock. L'âme extérieure de ce juif était ses ducats. Les perdre, c'était mourir. « Jamais je ne reverrai mon or, dit-il à Tubal ; *c'est un poignard que tu m'enfonces dans le cœur.* » Notez bien cette phrase : pour lui, perdre ses ducats, son âme extérieure, c'était mourir. Maintenant, il convient de savoir que l'âme extérieure peut n'être pas la même tout au long d'une vie.

– Non ?

– Non, monsieur ; elle change de nature et d'état. Je ne fais pas ici allusion à certaines âmes, dévorantes, comme la patrie, dont Camoëns dit qu'elle mène à la mort, ou le pouvoir, qui fut l'âme extérieure d'un César ou d'un

Cromwell ; ce sont là des âmes énergiques et exclusives ; il est d'autres âmes, tout aussi énergiques, mais de nature mutable. Il est des hommes, par exemple, dont l'âme extérieure, un hochet ou un petit cheval de bois dans les premières années, est devenue plus tard, supposons, une charge ecclésiastique. Je connais pour ma part une dame – au demeurant, pleine de charme – qui change d'âme extérieure cinq ou six fois l'an. C'est, pendant la saison lyrique, l'opéra ; la saison terminée, cette âme extérieure est remplacée par une autre : un concert, un bal ou Casino, la rue de l'Ouvidor, Petrópolis[1].

– Pardon, quelle est cette personne ?

– Cette dame est une alliée du diable, et elle porte le même nom : elle s'appelle Légion... Et des cas semblables, il y en a bien d'autres. J'ai moi-même expérimenté de pareilles mutations. Je n'en dirai rien, car cela nous entraînerait très loin ; je m'en tiendrai à l'épisode que j'ai évoqué. Un épisode qui remonte à mes vingt-cinq ans...

Impatients d'entendre l'histoire annoncée, les quatre compagnons oublièrent leur polémique. Sainte curiosité ! tu es, certes, l'âme de la civilisation, mais tu es aussi le fruit de la concorde, fruit divin et d'une tout autre saveur que la pomme de la mythologie. La petite salle qui, jusqu'à il y a peu, résonnait d'aperçus de physique et de métaphysique, est maintenant une mer morte ; tous les

1. « Rue de l'Auditeur », la fonction d'*ouvidor* correspondant à celle de juge de paix. Cette rue, l'une des plus anciennes de Rio, était célèbre pour ses commerces. La pâtisserie-salon de thé Colombo, encore ouverte aujourd'hui, est un vestige de son éclat passé.

Petropolis : petite cité dans la montagne, au-dessus de Rio de Janeiro ; fraîche et reposante, rendez-vous de la société carioque pendant la canicule. Son renom s'est maintenu depuis les débuts du XIXe et tout au long du XXe siècle. De nombreuses familles y ont encore leur maison de week-end.

regards sont rivés sur Jacobina, qui rectifie la pointe de son cigare en rassemblant ses souvenirs. Voici comment il entama son récit :

– J'avais vingt-cinq ans, j'étais pauvre et je venais d'être nommé sous-lieutenant de la garde nationale. Vous ne pouvez imaginer les proportions que prit chez moi l'événement. Ma mère en fut si fière, si heureuse ! Elle m'appelait son sous-lieutenant. Mes cousins, mes oncles, tous démontrèrent une joie sincère et pure. Il y eut bien dans le pays quelques marques de dépit ; des pleurs et des grincements de dents, ainsi qu'il est dit dans l'Ecriture ; et pour cette simple raison que, pour ce seul poste, il y avait beaucoup de candidats, et qu'ils furent évincés. Je présume aussi qu'une partie de ce désappointement fut purement gratuit, motivé uniquement par le fait que j'avais été désigné ; je me souviens de certains garçons, dans les meilleurs termes avec moi, et qui de ce jour se mirent à me regarder de travers. Nombre de gens, par contre, se réjouirent de ma nomination ; la preuve en est que la totalité de mon uniforme me fut offerte par des amis. C'est alors qu'une de mes tantes, qui vivait sur une ferme solitaire et retirée à plusieurs lieues de la ville, Dona Marcolina, veuve du capitaine Peçanha, manifesta le désir de me voir, et elle demanda que je vienne avec mon uniforme. J'y allai à cheval, en compagnie d'un domestique, lequel rentra seul en ville quelques jours plus tard, car la tante Marcolina, à peine eus-je posé le pied sur ses terres, écrivit à ma mère pour dire qu'elle ne me libérerait pas, au plus juste, avant un mois. Et elle m'embrassait, m'appelait elle aussi son sous-lieutenant ! Elle me trouvait fort joli garçon. Comme elle était d'une nature plutôt originale, elle alla même jusqu'à me dire qu'elle enviait la jeune fille qui deviendrait ma femme ; elle ne voyait pas, assurait-elle, dans toute la province, meilleur parti que moi. Et de me donner sans arrêt du sous-lieutenant ; sous-lieutenant par-ci, sous-lieutenant par-là, à toutes les heures du jour et de la nuit. J'avais beau lui demander de continuer à m'appeler Joãozinho, comme avant, elle secouait la tête, protestait que non, que j'étais « Monsieur le sous-lieutenant ». De même un parent, frère de son défunt mari, qui vivait chez elle, ne m'appelait pas autrement. J'étais « Monsieur le sous-lieutenant », et non pas par jeu, mais le plus sérieusement du monde, et jusque devant les esclaves, qui naturellement emboîtèrent le pas. A table, j'avais la meilleure place, j'étais toujours le premier servi. Vous ne pouvez pas vous faire une idée. Si j'ajoute que dans son enthousiasme la tante Marcolina alla jusqu'à faire placer dans ma chambre un miroir en pied, une pièce magnifique et de grande valeur, qui tranchait avec le reste de la maison où le mobilier était modeste et simple... Elle tenait ce miroir de sa marraine, laquelle l'avait hérité de sa mère qui, elle, l'avait acheté à une dame de la noblesse, arrivée dans le pays en 1808, avec la cour de Dom João VI. Je ne sais trop ce qu'il y avait de vrai dans cette histoire, toujours est-il que c'était la tradition. Le miroir évidemment était très vieux ; mais les dorures, à demi rongées par le temps, étaient encore visibles sur le pourtour du cadre, ainsi que les deux dauphins sculptés aux deux angles supérieurs et les garnitures de nacre et autres fioritures travaillées par l'artiste. Le tout très vieux, mais bon...

– Un grand miroir ?

– Très grand. Et, comme je vous l'ai dit, ce fut un geste, de la part de mon hôtesse, d'une extrême délicatesse, car le miroir se trouvait dans la grande salle, et il était la plus belle pièce de la maison... Mais il n'y eut rien à faire pour obtenir qu'elle revienne sur sa décision ; elle m'opposait que l'absence du miroir ne léserait personne – ce n'était de toute façon que pour deux à trois semaines – et que finalement « Monsieur le sous-lieutenant » méritait beaucoup plus. Ce qui est sûr, c'est que tout cet ensemble, marques d'affection, attentions, adulations, opéra en moi une transformation que le sentiment propre à la jeunesse paracheva. Vous me suivez, je pense ?

– Non.

– Le sous-lieutenant élimina l'homme. Les deux natures s'équilibrèrent pendant quelques jours ; mais bientôt l'originelle céda le pas à l'autre. Il ne resta plus en moi qu'une part minime d'humanité. Et progressivement l'âme extérieure, qui était auparavant le soleil, l'air, la campagne, les yeux des jeunes filles, changea alors de nature, elle se mit à devenir les affabilités et les salamalecs dont j'étais l'objet dans cette maison : tout ce qui avait trait à ma nomination, rien qui concernât l'homme. Je me réduisis à cette seule part sociale qui avait à voir avec l'exercice de mon grade ; l'autre se dissipa dans les airs et dans le passé. Cela vous est difficile à croire, non ?

– Cela m'est difficile à comprendre, répondit l'un des auditeurs.

– Vous allez comprendre. Les faits vous rendront plus clairs les sentiments ; tout est dans les faits. La meilleure définition de l'amour ne vaut pas un baiser de la femme aimée ; et si mes souvenirs sont justes, c'est en marchant qu'un philosophe de l'Antiquité a démontré le mouvement. Allons aux faits. Vous allez voir comment, au fur et à mesure que la conscience de l'homme s'oblitérait, celle du sous-lieutenant devenait vive et intense. Les douleurs et les joies, si elles n'étaient qu'humaines, ne suscitaient de ma part qu'une compassion apathique ou un sourire condescendant. J'étais, au bout de trois semaines, totalement autre, un autre. Je n'étais plus que sous-lieutenant. Sur ces entrefaites, Dona Marcolina reçut une nouvelle grave ; l'une de ses filles, mariée à un propriétaire terrien résidant à quelque cinq lieues de là, était au plus mal, à l'article de la mort. Adieu neveu ! Adieu sous-lieutenant ! La tante Marcolina était mère à l'extrême, aussitôt elle organisa son départ, elle demanda à son beau-frère de l'accompagner, et à moi de prendre soin de la ferme. Je crois que, n'eut été son chagrin, elle aurait décidé le contraire, laissé là son beau-frère et voyagé avec moi. Mais le fait est que je demeurai seul en compagnie des quelques esclaves de la maison. Je vous avoue que j'éprouvai très vite une forte oppression, quelque chose comme si les quatre murs d'une prison s'étaient subitement dressés autour de moi. C'était l'âme extérieure qui rapetissait ; elle était maintenant réduite aux dimensions de l'esprit rustre de quelques esclaves noirs. Le sous-lieutenant continuait à dominer en moi, encore qu'avec une vitalité moins intense, une conscience affaiblie. A leurs marques de politesse les esclaves joignaient une note d'humilité, qui compensait d'une certaine manière l'affection de la tante et de l'oncle, et l'intimité domestique interrompue. Je remarquai même, ce premier soir, qu'ils redoublaient de respect, d'entrain, de démonstrations. Not' sous-lieutenant, minute après minute. Not' sous-lieutenant est si bien de sa personne ; not' sous-lieutenant va sûrement devenir colonel ; not' sous-lieutenant, c'est sûr, va épouser une jolie demoiselle, fille d'un général ; un concert de louanges et de prédictions qui me laissa ravi, extasié. Ah, les perfides ! Comment deviner le secret dessein des scélérats !

– Vous tuer ?

– Si seulement !

– Pis que cela ?

– Ecoutez la suite. Je me retrouvai le lendemain matin absolument seul. Les coquins, ou de leur propre gré, ou entraînés par d'autres, avaient fomenté de s'enfuir pendant la nuit ; et ils l'avaient fait. Je me retrouvai seul, sans plus une âme, seul entre quatre murs, face à l'aire désertée, aux champs abandonnés. Je visitai la maison de fond en comble, les habitations des esclaves, tout le domaine, rien, personne, pas l'ombre d'un gamin, rien en dehors des coqs et des poules, d'une paire de mules qui philosophaient en chassant les mouches, et de trois bœufs. Les esclaves avaient même emmené les chiens. Plus un être humain. Cela vous semble préférable à la mort ? C'était pire. Et non pas à cause de la peur ; je puis vous jurer que je n'avais pas peur ; j'étais plutôt du genre un peu crâneur, de sorte que je n'éprouvai rien pendant les premières heures, à part un peu de tristesse à la pensée du tort causé à ma tante, et une certaine perplexité, ne sachant trop si je devais la rejoindre pour l'avertir de la triste nouvelle, ou rester pour garder la maison. J'optai pour la seconde solution, réfléchissant que si vraiment ma cousine était si mal, je ne pourrais qu'ajouter à l'affliction de sa mère, sans aucunement la soulager, et ne voulant pas laisser la maison à l'abandon, finalement je me dis que le frère de l'oncle Peçanha ne pouvait que revenir ce même jour ou le lendemain, puisqu'il était parti depuis déjà trente-six heures ; mais la matinée s'écoula sans un signe de lui ; et dans l'après-midi je commençai à éprouver comme la sensation d'un homme privé de tout influx nerveux, et n'ayant plus conscience de son tonus musculaire. Le frère de l'oncle Peçanha ne réapparut pas ce jour-là, ni le lendemain, et pas davantage de toute la semaine. Jamais les jours ne me semblèrent plus longs, jamais le soleil n'embrasa la terre avec une obstination plus harassante. Les heures, à la vieille horloge dans la grande salle, battaient les siècles, et le balancier, *tic-tac*, *tic-tac*, me transperçait l'âme intérieure, telle la chiquenaude ininterrompue de l'éternité. Lorsque, des années plus tard, lisant une poésie américaine, je tombai sur ce vers rebattu, de Longfellow je crois : *Never, for ever ! – For ever, never !*, me ressouvenant de ces sinistres journées, je frissonnai, je vous l'avoue, de la tête aux pieds. C'était exactement ce que scandait l'horloge de la tante Marcolina : *Never, for ever ! – For ever !* Ce n'était pas le *tic-tac* d'un pendule, c'était un dialogue d'abîmes, un murmure du néant. Cela vous laisse à penser mes nuits. Non que les nuits fussent plus silencieuses. Le silence était le même que pendant le jour. Mais la nuit c'était les ténèbres, c'était une solitude encore plus étroite ou plus vaste. Plus personne dans les chambres, les couloirs, sur l'aire devant la maison, *tic-tac, tic-tac*, plus une âme qui vive nulle part... Vous riez ?

– Oui, car il semble bien que vous aviez un peu peur.

– Oh ! c'eut été bon si j'avais pu avoir peur ! C'eût été me sentir vivre ! Mais la particularité de la situation c'est que même avoir peur, de cette peur, je veux dire, telle qu'on l'entend communément, ne m'était pas possible. J'étais la proie d'une sensation inexplicable. Tel un défunt demeuré en ce monde, un somnambule, une poupée mécanique. Une fois endormi, c'était autre chose. Le sommeil m'apportait un soulagement, non en vertu de l'adage qu'il est frère de la mort, mais en raison d'un autre phénomène que je peux, je crois, expliquer de la sorte : le sommeil, parce qu'il éliminait la nécessité d'une âme extérieure, laissait à l'âme intérieure le loisir de se manifester. Dans mes rêves, je revêtais mon uniforme, tout imbu de moi-même, au milieu des miens et de mes amis, qui me complimentaient, invoquaient mon titre ; un ami arrivait qui me promettait le grade de lieutenant ; et un autre celui de capitaine ou de major ; et tout cela me faisait vivre. Mais lorsque je m'éveillais, le soleil déjà haut, en même temps que le sommeil, la conscience de ce nouvel être, incomparable, s'évanouissait– parce que l'âme intérieure perdait sa primauté, elle redevenait dépendante de l'autre, qui s'entêtait à ne pas revenir... qui ne revenait pas. Je sortais, me précipitais de côté et d'autre, impatient de voir si je découvrirais quelque signe d'un retour. *Anne, ma sœur Anne, ne vois-tu rien venir ?* Et rien, rien à l'horizon ; tout comme dans la légende française. Rien d'autre que la poussière et les herbages à flanc de colline. Je revenais à la maison, au désespoir, les nerfs à vif, allais m'étendre sur le canapé, dans la grande salle. *Tic-tac, tic-tac.* Je me relevais, faisais les cent pas, tambourinais aux fenêtres, sur les vitres, je sifflais. Je me souviens avoir, à un moment, pensé écrire quelque chose, un article politique, un roman, une ode ; je ne sus finalement que choisir ; je couchais quelques mots et phrases sans suite, sur le papier, pour solliciter mon style. Mais le style, tout comme la tante Marcolina, se faisait prier. *Anne, ma sœur Anne...* Rien ne venait. Au mieux, je voyais l'encre noircir et le papier blanchir.

– Vous ne mangiez pas ?

– Je mangeais mal, des farines, des fruits, des conserves, quelques racines que je faisais griller, mais tout cela, je l'aurais supporté allègrement, n'eût été la situation morale éprouvante dans laquelle je me trouvais. Je me récitais des vers, des séquences latines, des fragments de discours, des huitains de Camoëns ou des dizains, une anthologie en trente volumes. De temps à autre j'ébauchais quelques mouvements de gymnastique, ou je me faisais des pinçons aux jambes ; mais tout l'effet obtenu n'était qu'une sensation purement physique de douleur ou de fatigue, rien de plus. Tout était silence, un silence colossal, immense, infini, seulement souligné par le *tic-tac* de l'horloge. *Tic-tac, tic-tac...*

– De quoi rendre fou, en effet.

– Vous allez entendre pire. Je dois préciser que pas une fois, depuis que j'étais resté seul, je n'avais regardé dans le miroir. Ce n'était pas une abstention délibérée, je n'y avais à cela aucune raison ; c'était une impulsion inconsciente, la crainte de me retrouver un et deux en même temps, dans cette maison solitaire ; et si telle est la bonne explication, rien ne prouve mieux la contradiction humaine, puisqu'au bout de huit jours la bizarrerie me prit de regarder dans le miroir dans le dessein, justement, de me voir deux. Je regardai et je reculai. La glace elle-même était donc de connivence avec le reste de l'univers ? Elle me renvoya une silhouette non pas nette et entière, mais vague, diffuse, estompée, l'ombre d'une ombre. La prégnance des lois physiques ne permet pas de nier que le miroir me reproduisit textuellement ; il ne pouvait en être autrement. Mais telle ne fut pas mon impression. De sorte que je pris peur ; j'attribuai le phénomène à l'excitation nerveuse dans laquelle je me trouvais ; et je m'effrayai à l'idée de rester plus longtemps et de devenir fou. Je m'en vais, me dis-je. Et je levai le bras dans un geste d'humeur et de décision à la fois, en regardant dans la glace : le geste était là, mais fragmenté, mutilé, diffracté... Alors je commençai à m'habiller, en marmonnant entre mes dents, en toussant sans toux et en secouant mes vêtements avec un maximum de bruit, et en m'en prenant à froid contre les boutons, pour dire quelque chose. Par instants, je glissais un regard furtif dans le miroir ; l'image était la même, même éparpillement des lignes, même confusion des contours... je continuai à m'habiller. Tout à coup, par une inspiration inexplicable, une impulsion venue je ne sais d'où, je me souvins... Si vous êtes capables de deviner quelle idée fut la mienne...

– Dites.

– Je regardais dans le miroir, avec l'insistance d'un désespéré, contemplant mes propres traits dissous, inachevés, un nuage de lignes éparses, informes, lorsque l'idée me vint... non, non, vous ne devinerez pas.

– Mais dites, dites-nous.

– Je me souvins de revêtir mon uniforme de sous-lieutenant. Ce que je fis, en m'équipant de pied en cap ; et comme je me trouvais devant le miroir, je levais les yeux et... non, je ne puis vous dire ! la glace reproduisit alors ma silhouette entière ; pas une ligne en moins, pas un contour changé ; j'étais moi-même : le sous-lieutenant, son âme extérieure enfin retrouvée. Cette âme en allée avec la maîtresse des lieux, enfuie et dispersée en même temps que les esclaves, était là recueillie, reconstituée dans le miroir. Imaginez un homme qui, petit à petit, émerge d'une léthargie, qui ouvre les yeux sans voir, puis commence à voir, à faire la distinction entre les personnes et les objets, sans encore reconnaître chacun ; et qui enfin sait : celui-ci est Jean, et celui-là Pierre ; ici c'est une chaise, là un sofa. Tout redevient tel qu'avant le sommeil. C'est ce qui m'arriva. Je regardais dans le miroir, j'allais d'un côté, de l'autre, je reculais, gesticulais, je souriais, et la glace exprimait tout. A partir de là, je devins autre. Chaque jour, à une heure précise, je revêtais mon uniforme de sous-lieutenant et allais m'asseoir devant le miroir, à lire, à regarder, à méditer ; au bout de deux ou trois heures, de nouveau je me déshabillais. Grâce à ce régime je pus traverser six derniers jours de solitude, sans les sentir...

Lorsque les quatre autres gentilhommes reprirent leurs esprits, le narrateur avait descendu les escaliers.

(traduit par Maryvonne Lapouge)
in La Montre en or

Le secret du bonze

Un chapitre inédit de Fernão Mendes Pinto[1]

J'ai raconté plus haut ce qui arriva dans cette ville de Fucheo, capitale du royaume de Bungo, au père-maître[2] François, et comment le roi agit envers Furacandono et les autres bonzes, qui avaient jugé bon de disputer avec lui de l'excellence de notre sainte religion. Je parlerai à présent d'une doctrine non moins curieuse que profitable à l'esprit, et digne d'être divulguée dans toutes les républiques de la Chrétienté.

Un jour que je me promenais avec Diogo Meireles dans cette même ville de Fucheo, en l'an de grâce 1552, il nous advint de rencontrer un rassemblement de peuple au coin d'une rue, autour d'un homme du cru qui discourait avec

1. Machado précise, dans une note de la première édition de *Papéis Avulsos*, que ce conte s'intercalerait entre les chapitres 213 et 214 de la *Peregrinação* de Fernão Mendes Pinto (1510-1583), chef-d'œuvre de la littérature des Découvertes, publié en 1614. Les chapitres 212 et 213 relatent la dispute engagée entre saint François-Xavier et des bonzes, menés par l'illustre Furacandono, dans le royaume de Bungo, au Japon. Les bonzes se distinguent par leur mauvaise foi, Furacandono prétendant par exemple avoir déjà rencontré le saint mille cinq cents ans auparavant, et lui avoir vendu des tissus. Irrité, le roi finit par prendre le parti du chrétien. Pour respecter le pastiche, nous nous sommes inspirés de la traduction de Robert Viale, *Pérégrination*, aux éditions de la Différence (1991).

2. Le titre de père-maître s'appliquait aux religieux qui possédaient le grade universitaire de maître ès arts.

force gestes et voix. Il y avait là, selon l'évaluation la plus basse, plus de cent personnes, des hommes uniquement, et tous éberlués. Diogo Meireles, qui connaissait mieux la langue du pays pour y avoir séjourné de longs mois au temps où il naviguait sous bannière marchande (il exerçait à présent la médecine, discipline qu'il avait étudiée fort à propos, et où il excellait), me répétait en notre langue ce qu'il entendait dire à l'orateur, et qui, en résumé, allait ainsi : Qu'il ne cherchait rien d'autre qu'à affirmer l'origine des grillons, lesquels procédaient de l'air et des palmes de cocotiers, à la conjonction de la nouvelle lune ; que cette découverte, impossible à qui n'eût point été, comme lui, mathématicien, médecin et philosophe, était le fruit de longues années d'application, d'expériences et d'études, de travaux et parfois de dangers mortels ; mais qu'enfin, c'était fait, et cela pour la plus grande gloire du royaume de Bungo, et tout particulièrement de la ville de Fucheo, dont il était le fils ; et si, pour avoir révélé une vérité si sublime, il devait accepter de mourir, il s'y résignerait dès à présent, persuadé qu'il était que la science valait davantage que la vie et ses délices.

La foule, dès qu'il eut fini, fit entendre une acclamation si tumultueuse qu'elle faillit nous rendre sourds, et le souleva de terre, en criant : Patimao, Patimao, vive Patimao qui a découvert l'origine des grillons ! Et tous se rendirent avec lui à l'échoppe d'un marchand, où on lui servit des rafraîchissements et où on lui fit maintes ovations et révérences, à la manière de ces gentils, peuple obséquieux et flagorneur à l'extrême.

Ayant rebroussé chemin nous devisions, Diogo Meireles et moi, à propos de la singulière trouvaille de l'origine des grillons, quand, à peu de distance de l'échoppe, le temps de six Credo tout au plus, nous découvrîmes au coin d'une autre rue une autre foule assemblée, écoutant un autre homme. Nous restâmes ébahis devant la similitude des cas, et comme cet autre également parlait très vite, Diogo Meireles traduisit de la même manière la teneur de l'oraison. Et celui-ci disait, au grand étonnement de ceux qui l'entouraient et sous leurs applaudissements, qu'il avait enfin découvert le principe de la vie future, quand la terre serait entièrement détruite, et qu'il n'était rien d'autre qu'une certaine goutte de sang de vache ; de là venait l'excellence de la vache comme demeure des âmes humaines, et l'ardeur avec laquelle ce noble animal était recherché par nombre d'hommes à l'heure du trépas ; une découverte qu'il affirmait être, en toute foi et vérité, le résultat d'expériences répétées, de profonde cogitation, et pour laquelle il ne voulait d'autre récompense que la gloire qui en reviendrait au royaume de Bungo, dont en retour il recevrait l'estime, en fils méritant qu'il était. La foule, qui avait écouté ce discours avec vénération, fit entendre le même tumulte et mena l'homme à la même échoppe, avec cette différence qu'il y fut porté en triomphe ; là, il reçut les mêmes honneurs que Patimao, et toute distinction entre eux s'effaça, les célébrants n'ayant plus d'autre souci que de rendre grâce à leurs deux célébrés.

Nous ne comprenions rien à tout cela, car la similitude de ces deux rencontres ne nous semblait pas être le fait du hasard, pas plus que ne nous avait paru rationnelle ou crédible l'origine des grillons, expliquée par Patimao, ou le principe de la vie future, découvert par Langourou, car c'est ainsi qu'il se nommait. Il advint cependant, comme nous longions la maison d'un certain Titané, fabricant de sandales, que celui-ci accourut, désireux de parler à Diogo Meireles dont il était l'ami. Après les salutations d'usage, au cours desquelles le savetier décerna à Diogo Meireles de galants compliments, le qualifiant par exemple « d'or de la vérité » et de « soleil de la pensée », mon ami lui raconta ce que nous venions de voir et d'entendre. A quoi Titané, ravi, s'empressa de répondre : Il se peut qu'ils soient en train d'appliquer une nouvelle doctrine inventée, paraît-il, par un bonze d'une grande sagesse, habitant l'une de ces maisons qui flanquent le mont Coral. Et comme nous étions avides de prendre connaissance de la doctrine, Titané consentit à nous accompagner le lendemain aux appartements du bonze, et il ajouta : On dit qu'il ne la confie à nul autre qu'à ceux qui de tout cœur souhaitent y adhérer ; et s'il en est ainsi, nous pouvons simuler que nous n'allons le trouver qu'aux fins de l'entendre ; si la doctrine est bonne, nous l'appliquerons comme bon nous semblera.

Le lendemain, nous nous rendîmes comme convenu chez le bonze qui se nommait Pomada, un vieillard de cent huit ans, grand lecteur et connaisseur des œuvres divines et humaines, fort reconnu par les gentils de ce pays, et pour cela très mal vu des autres bonzes, qui se consumaient de pure jalousie. Et ayant appris de Titané qui nous étions et ce que nous désirions, le bonze commença par nous initier aux différentes cérémonies et pantomimes nécessaires à la réception de la doctrine, et ce n'est qu'après cela qu'il éleva la voix pour nous la confier et nous l'expliquer.

– Vous comprendrez, commença-t-il, que la vertu et le savoir ont deux existences parallèles, l'une dans le sujet qui les possèdent, l'autre dans l'esprit de ceux qui l'écoutent et le contemplent. Si vous placez les vertus les plus sublimes et les connaissances les plus profondes en un individu solitaire, éloigné de tout contact humain, c'est comme si elles n'existaient pas. Les fruits d'un oranger, si personne n'y vient goûter, valent autant que les bruyères et les plantes sauvages, et si personne ne les voit, alors ils ne valent rien du tout ; en d'autres termes, plus énergiques, il n'y a pas de spectacle sans spectateur. Un jour que je considérais ces choses, je m'avisai du fait que, pour apporter quelque lumière à mon entendement, j'avais consumé mes longues années, et que par ailleurs cela aurait été en pure perte si n'existaient pas d'autres hommes pour me voir et m'honorer ; je me demandai alors s'il n'était pas un moyen d'obtenir le même effet en s'épargnant tant de peines, et ce jour-là, je puis le dire à présent, fut celui de la régénération des hommes, puisqu'il m'apporta la doctrine salvatrice.

A cet endroit, nous tendîmes l'oreille et restâmes pendus aux lèvres du bonze, lequel, ayant appris de Diogo Meireles mon manque de familiarité avec la langue du pays, s'exprimait avec beaucoup de lenteur, afin que rien ne m'échappât. Et il continua en disant : Il vous sera difficile de deviner ce qui me donna l'idée de cette nouvelle doctrine ; ce ne fut rien d'autre que la pierre de lune, cette fameuse pierre si lumineuse que, posée au sommet d'une montagne ou au pinacle d'une tour, elle éclaire toute la contrée, si étendue soit-elle. Une telle pierre, si chargée de lumière, n'a jamais existé, et personne ne l'a jamais vue ; mais bien des gens croient qu'elle existe et plus d'un prétendra qu'il l'a vue de ses propres yeux. Je considérai cet exemple et entendis que, si une chose peut exister dans l'opinion, sans exister dans la réalité, et exister en réalité sans exister dans l'opinion, il faut conclure que des deux existences parallèles la seule nécessaire est celle de l'opinion, et non celle de la réalité, qui n'est qu'avantageuse. A peine avais-je fait cette découverte spéculative que je rendis grâce à Dieu de cette faveur insigne, et déterminai de la vérifier par des expériences ; ce qui fut fait en plus d'un cas que je ne relaterai pas pour ne pas abuser de votre temps. Pour comprendre l'efficacité de mon système, il suffit d'avoir conscience que les grillons ne peuvent naître de l'air et des palmes de cocotier, à la conjonction de la pleine lune, pas plus que le principe de la vie future ne se trouve dans certaine goutte de sang de vache ; mais Patimao et Langourou, en hommes astucieux, ont su si bien ancrer ces idées dans l'esprit du peuple, qu'ils jouissent aujourd'hui d'une réputation de grands savants et de philosophes plus grands encore, et qu'ils ont avec eux des gens prêts à leur sacrifier leur vie.

Nous ne savions comment témoigner au bonze notre vif contentement et notre admiration. Il nous interrogea encore quelque temps, posément, au sujet de la doctrine et de ses fondements, puis, ayant reconnu que nous la comprenions, il nous incita à la pratiquer, à la divulguer avec prudence, non qu'il y eût en elle rien qui offensât les lois divines ou humaines, mais parce qu'une compréhension erronée pouvait lui causer tort et la perdre alors qu'elle n'en était qu'à ses premiers pas ; enfin, il nous fit ses adieux avec la certitude (ce sont ses propres mots) que nous quittions les lieux avec une âme de véritables pomadistes ; dénomination qui, pour être dérivée de son nom, lui était agréable à l'extrême.

Or, dès avant la tombée du jour, nous avions tous trois décidé de mettre en œuvre cette idée aussi judicieuse que lucrative, car le lucre ne consiste pas uniquement en recevoir de l'argent, mais aussi de la considération et des louanges, qui sont un autre et meilleur genre de monnaie, bien qu'elles ne puissent servir à acheter des abricots ou de l'orfèvrerie. Nous décidâmes, donc, en guise d'expérience, que chacun de nous insufflerait, dans l'esprit des gens de Fucheo, une certaine conviction, grâce à laquelle nous recevrions les mêmes bénéfices que ceux dont jouissaient Patimao et Langourou ; mais, tant il est vrai que l'homme ne perd pas de vue son intérêt, Titané entendit qu'il lui revenait de tirer profit de deux manières, en récoltant pour cette expérience les deux monnaies, c'est-à-dire en vendant également ses sandales : ce à quoi nous n'opposâmes rien, car cela n'affectait pas, semblait-il, l'essentiel de la doctrine.

L'expérience de Titané consista en une chose que je ne sais comment décrire pour qu'elle soit comprise. On utilise dans ce royaume de Bungo, et dans d'autres de ces contrées lointaines, un papier fait d'écorce de cannelle et de gomme, ouvrage splendide, que l'on découpe ensuite en feuilles de deux paumes de long et d'une demie de large, sur lesquelles sont dessinées avec des couleurs très vives et variées, dans la langue du pays, les nouvelles de la semaine, qu'elles soient politiques, religieuses, commerciales ou autres, les nouvelles lois du royaume, les noms des *fustes*, *lancharas*, *balões* [1], et de toutes sortes de navires qui arpentent ces mers, navires de guerre, car les conflits sont fréquents, ou de marchandises. Et je parle des nouvelles de la semaine, car ces feuilles sont fabriquées tous les huit jours, en grand nombre, et distribuées aux gens du pays en échange d'une obole, que chacun donne volontiers pour être informé avant les autres. Or notre Titané ne voulut pas d'autre tribune que ce papier, intitulé *Vie et clarté des choses du monde et du ciel*, titre

1. *fustes*, *lancharas*, *balões*... : types d'embarcations malaises, la *fuste* étant longue et plate, fonctionnant à voile et à rame, la *lanchara*, un vaisseau de cabotage à mât unique, et le *balão* une barque légèrement plus grande que l'*almadie*.

expressif encore qu'un peu long. Il fit donc insérer dans ledit papier une annonce selon laquelle des nouvelles fraîchement venues de la côte de Malabar et de la Chine rapportaient qu'on ne jurait là-bas que par les fameuses sandales de Titané, les siennes ; que ces sandales étaient tenues pour les meilleures du monde, car elles étaient fort solides et élégantes ; que pas moins de vingt-deux mandarins allaient requérir l'empereur de faire en sorte, au vu de la splendeur des sandales de Titané, les meilleures de l'univers, que soit créé le titre de Sandale de l'Etat, en récompense à ceux qui se distingueraient en quelque discipline de l'entendement ; que les commandes passées de toutes parts étaient très importantes, commandes auxquelles lui, Titané, allait répondre, moins pour l'amour du lucre que pour la gloire qu'en retirait la nation ; cela sans renoncer pour autant au projet qu'il avait et mettrait à exécution de distribuer gratuitement aux pauvres du royaume quelque sept grosses de sandales[1], comme il l'avait fait annoncer au roi et le répétait aujourd'hui ; qu'enfin, bien que l'excellence de la fabrication de ces sandales fût ainsi reconnue par la terre entière, il savait les devoirs de la modération et ne se tiendrait jamais pour davantage qu'un ouvrier diligent et soucieux de la gloire du royaume de Bungo.

La lecture de cette nouvelle émut naturellement toute la ville de Fucheo, et l'on ne parla pas d'autre chose de toute la semaine. Les sandales de Titané, qui n'étaient qu'estimées, commencèrent à être recherchées avec beau-

1. *Umas cinqüenta corjas* : cinquante vingtaines, c'est-à-dire mille sandales ou cinq cents paires. *Corja* étant un terme archaïque, nous l'avons traduit par « grosse » (douze douzaines), sept « grosses » équivalant à 1008, soit cinq cent quatre paires : l'excès vaut mieux que le défaut.

coup de curiosité et d'ardeur, et plus encore dans les semaines qui suivirent, car il ne manqua pas d'entretenir la ville, durant quelque temps, de nombreuses et extraordinaires anecdotes à propos de sa marchandise. Et de nous dire fort plaisamment :

– Voyez comme j'obéis au fondement de notre doctrine, puisque je ne suis nullement persuadé de la supériorité de ces sandales ; mais j'en ai convaincu les gens, qui aujourd'hui viennent les acheter au prix que je leur réclame.

– Il ne me semble point, l'interrompis-je, que vous ayez appliqué la doctrine dans toute sa rigueur et sa substance, car il ne nous revient pas d'inculquer aux autres une opinion que nous ne partageons pas, mais bien plutôt l'idée d'une qualité que nous ne possédons pas ; en voilà certainement le point essentiel.

Cela étant dit, les deux autres décidèrent que c'était à mon tour de tenter l'expérience, ce que je fis immédiatement ; mais j'omets de la raconter par le menu afin de ne pas retarder le récit de l'expérience de Diogo Meireles, qui fut des trois la plus décisive et le meilleur exemple de cette délicieuse invention du bonze. Je dirai seulement que, pour avoir quelques notions de musique et de flageolet, notions d'ailleurs médiocres, j'eus l'idée de réunir les notables de Fucheo afin qu'ils m'entendissent jouer de cet instrument ; lesquels notables vinrent, écoutèrent et s'en furent en répétant que jamais par le passé ils n'avaient entendu chose si extraordinaire. Et j'avoue que j'obtins ce résultat par le seul recours aux gestes affectés, à la courbure gracieuse de mon bras saisissant le flageolet qui me fut apporté sur un plateau d'argent, à la rigidité de mon buste, à l'onction avec laquelle je levai les yeux au ciel, au dédain et à la superbe avec lesquels je les posai sur l'assistance, celle-ci faisant alors entendre un tel concert de voix et de clameurs enthousiastes, qu'elle en vint presque à me persuader de mon mérite.

Mais, comme je l'ai dit, la plus ingénieuse de toutes nos expériences fut celle de Diogo Meireles. Il sévissait alors en ville une singulière maladie, qui se manifestait par l'enflure des nez, tant et si bien qu'ils en venaient à manger la moitié et plus encore du visage des patients, le rendant horrible, sans compter qu'un tel poids était lourd à porter. Bien que les médecins du pays eussent proposé d'amputer les nez enflés, pour le soulagement et l'amélioration des malades, aucun de ces derniers ne consentait à se prêter à la cure, préférant l'excès à la lacune, et tenant pour plus affligeant que toute autre chose l'absence de cet organe. Dans cette passe difficile, plus d'un recourait à la mort volontaire, comme à un remède, et la tristesse était grande dans toute la ville de Fucheo. Diogo Meireles, qui depuis quelque temps pratiquait la médecine, comme on l'a dit plus haut, étudia la maladie et reconnut qu'ôter le nez aux malades ne présentait pas de danger, mais bien plutôt l'avantage de faire disparaître le mal sans les enlaidir, un nez difforme et pesant ne valant certes pas mieux que pas de nez du tout ; toutefois, il ne parvint pas à induire les malheureux au sacrifice. Alors lui vint une heureuse inspiration. Ayant réuni en grand nombre des médecins, des philosophes, des bonzes, des représentants des autorités et du peuple, il leur annonça qu'il avait un secret pour éliminer l'organe ; et ce secret n'était autre que la substitution du nez souffrant par un nez sain, mais de nature purement métaphysique, c'est-à-dire imperceptible aux sens humains, et cependant tout aussi véritable, sinon plus, que le nez coupé ; une cure pratiquée par lui en maints endroits, et fort admise chez les médecins de

Malabar. La stupeur de l'assemblée fut immense, et non moindre l'incrédulité de certains, je ne dis pas de tous, la majorité ne sachant que croire, car leur méfiance envers la métaphysique du nez cédait devant l'énergie des paroles de Diogo Meireles, de par le ton puissant et convaincu avec lequel il décrivit et vanta son remède. C'est alors que quelques philosophes parmi les présents, un peu honteux devant la science de Diogo Meireles, ne voulurent pas être en reste, et déclarèrent qu'une telle découverte avait de bons fondements, car l'homme tout entier n'était autre chose qu'un produit de l'idéalité transcendantale ; d'où il résultait qu'il pouvait bien, selon toute vraisemblance, porter un nez métaphysique – et tous de jurer devant le peuple que l'effet en était le même.

L'assemblée acclama Diogo Meireles et les malades commencèrent à affluer en si grand nombre qu'il ne savait plus où donner de la tête. Diogo Meireles procédait à l'ablation des nez avec un art consommé, puis il tendait délicatement les doigts vers une cassette, où il feignait de garder les nez de rechange, il en saisissait un et l'appliquait sur l'emplacement vide. Les malades, ainsi guéris et pourvus, se regardaient les uns les autres, et ne voyaient rien à la place de l'organe tranché ; mais, sûrs et certains que l'organe de substitution s'y trouvait, et que celui-ci était imperceptible aux sens humains, ils ne se sentaient pas lésés, et retournaient à leurs occupations. Je ne veux d'autre preuve de l'efficacité de la doctrine et du succès de cette expérience sinon le fait que tous les patients à qui Diogo Meireles avait ôté le nez continuèrent à se munir de leurs mouchoirs. Ceci étant consigné par mes soins pour la gloire du bonze et pour le bénéfice du monde.

Dernier chapitre

Il existe parmi les suicidaires une excellente coutume, qui est de ne pas quitter cette vie sans dire les motifs et les circonstances qui les ont dressés contre elle. Ceux qui partent en silence le font rarement par orgueil ; c'est, dans la plupart des cas, qu'ils n'ont pas le temps ou ne savent pas écrire. Excellente coutume : d'abord, c'est un acte de courtoisie, ce monde n'étant pas un bal d'où l'on pourrait se retirer avant les cotillons ; ensuite, parce que la presse recueille et divulgue les billets posthumes, et le mort peut ainsi vivre encore un jour ou deux, parfois une semaine de plus.

Eh bien, malgré l'excellence de cette coutume, mon intention était de partir en silence. La raison en est qu'ayant été poursuivi par la déveine ma vie entière, je craignais qu'une quelconque dernière parole ne m'amenât des complications dans l'éternité. Mais un incident survenu il y a peu a changé mes plans, et je me retire en laissant, non pas un, mais deux écrits. Le premier est mon testament, que je viens de rédiger et de clore ; il est ici, sur la table, à côté du pistolet chargé. Le second est cette ébauche d'autobiographie. Et l'on notera que je n'ai écrit celle-ci que pour éclairer celui-là, qui paraîtrait absurde ou inintelligible s'il était livré sans commentaire. J'y dispose en effet que, une fois vendus mes quelques livres, mes vêtements de tous les jours et une masure que je possède à Catumbi, occupée par un charpentier, le produit de la vente sera alloué à l'achat de souliers et de bottes neuves, qui seront distribués de la manière que j'indique, manière extraordinaire, je le confesse. Si le motif d'un tel legs n'est pas expliqué, je mets en jeu la validité du testament. Or, la raison de ce legs se trouve dans l'incident d'il y a peu, et cet incident est lié à ma vie entière.

Je m'appelle Matias Deodato de Castro e Melo, fils du sergent-major Salvador Deodato de Castro e Melo et de Dona Maria da Soledade Pereira, tous deux défunts. Je suis naturel de Corumbá[1], Mato Grosso, né le 3 mars 1820 ; j'ai donc cinquante et un ans aujourd'hui, 3 mars 1871.

Je le répète, j'ai la guigne, la guigne la plus tenace qui puisse affliger un homme. Il existe une locution proverbiale que j'ai littéralement réalisée. C'était à Corumbá ; j'avais entre sept et huit ans, je me balançais dans le hamac, à l'heure de la sieste, dans une petite chambre surmontée d'une charpente qui laissait voir les tuiles ; le hamac, ou parce que l'anneau avait du jeu, ou du fait d'une poussée trop violente de ma part, se détacha d'un des murs, et je me retrouvai par terre. Je tombai sur le dos ; mais, alors même que j'étais sur le dos, je me cassai le nez, car un morceau de tuile branlante, n'attendant qu'une occasion, profita du choc pour tomber également. La blessure n'était pas grave et ne dura pas longtemps ; aussi mon père se moqua-t-il copieusement de moi. Le chanoine Brito, qui venait boire son guaraná[2] chez nous,

1. Corumbá, ville frontière avec la Bolivie, relève aujourd'hui du Mato Grosso do Sul, Etat récemment créé.

2. Le guaraná est la baie d'une plante amazonienne, aux propriétés stimulantes, pilée, diluée et bue à l'état pur dans le nord et le nord-

dans l'après-midi, apprit l'incident et cita le dicton, disant que j'étais le premier à accomplir cette chose absurde de tomber sur le dos et de se casser le nez. Ni l'un ni l'autre ne se doutaient que l'épisode n'était que le premier d'une longue lignée.

Je ne m'attarderai pas sur d'autres revers de mon enfance et de ma jeunesse. Je veux mourir à midi, il est onze heures passées. De plus, j'ai envoyé mon gamin de serviteur faire un tour, et il peut revenir plus tôt et interrompre l'exécution de mon projet mortel. Si j'avais eu du temps, j'aurais raconté par le menu quelques moments douloureux, parmi lesquels une volée de coups de bâton que je reçus par erreur. Il s'agissait du rival d'un de mes amis, rival en amour et bien entendu rival malheureux. Mon ami et sa dame, quand ils apprirent la perfidie de l'autre, furent indignés par ces coups ; mais ils applaudirent secrètement cette méprise. De même, je ne parlerai pas de certains maux dont je fus atteint. J'en viens au moment où mon père, qui avait été pauvre toute sa vie, mourut dans la misère ; ma mère ne lui survécut pas deux mois. Le chanoine Brito, qui venait d'être élu député, proposa alors de m'emmener à Rio, et il m'y accompagna, avec l'idée de faire de moi un prêtre ; mais cinq jours après notre arrivée il mourut. Vous pouvez voir s'exercer l'action constante de la guigne.

Je restai seul, sans amis, sans recours, à l'âge de seize ans. Un chanoine de la Chapelle impériale songea à m'y faire entrer comme sacristain ; mais, bien qu'ayant servi nombre de messes dans le Mato Grosso, et possédant quelques notions de lettres latines, je n'y fus pas admis,

---

ouest du Brésil, et que l'on consomme aujourd'hui sous forme de soda rafraîchissant dans le pays entier.

faute de place. D'autres personnes me poussèrent alors à étudier le droit, et j'avoue que j'acceptai avec résolution. J'obtins même quelques appuis, au début ; ceux-ci venant à manquer par la suite, je me débrouillai par moi-même ; enfin j'obtins le grade de licencié. Que l'on ne vienne pas me dire que cela fut une exception dans ma vie marquée par la guigne, car le diplôme académique me mena justement à des choses très graves ; mais, comme le destin devait me flageller, quelle qu'eût été ma profession, je n'attribue aucune influence spéciale au grade juridique. Je l'obtins avec grand plaisir, c'est vrai ; mon jeune âge, la croyance superstitieuse en une amélioration, transformaient ce parchemin en une clé de diamant qui m'ouvrirait toutes les portes de la fortune.

Et, pour commencer, le diplôme de licencié ne gonflait pas seul ma poche. Non, monsieur : j'y gardais également dix ou quinze lettres, fruits d'une amourette nouée à Rio, durant la semaine sainte de 1842, avec une veuve plus âgée que moi de sept ou huit ans, mais ardente, vive et fortunée. Elle habitait avec un frère aveugle, rue do Conde. Je ne puis donner d'autres indications. Aucun de mes amis n'ignorait cette aventure ; deux d'entre eux lisaient même les lettres que je leur montrais, sous prétexte de leur faire admirer le style élégant de la veuve, mais voulant en fait les impressionner par les fines choses qu'elle m'y disait. Selon l'avis général, notre mariage était certain, plus que certain ; la veuve attendait seulement que j'eusse fini mes études. Un de ces amis, quand je revins avec mon diplôme, me complimenta, accentuant sa conviction par cette phrase définitive :

– Ton mariage est un dogme.

Et, en riant, il me demanda si, sur le compte du dogme,

je ne pourrais lui procurer cinquante mille-réaux[1] ; il en avait un besoin urgent. Je n'avais pas cinquante mille-réaux avec moi ; mais le *dogme* résonnait si suavement dans mon cœur, que je ne trouvai de repos ce jour-là avant que de les lui avoir procurés ; je les lui apportai moi-même, enthousiasmé ; il les reçut plein de gratitude. Six mois plus tard il épousait la veuve.

Je ne dirai pas à quel point j'ai souffert ; je dirai seulement que ma première impulsion fut de les tuer tous les deux ; et, mentalement, j'en vins à le faire ; j'en arrivai à les voir, moribonds, haletant, me demander pardon. Vengeance hypothétique ; en réalité je ne fis rien. Ils se marièrent et s'en furent voir du haut de Tijuca[2] se lever leur lune de miel. Moi, je restai à relire les lettres de la veuve. « Dieu, qui m'entend (disait l'une d'elles), sait que mon amour est éternel, et que je suis tienne, tienne pour l'éternité... » Et, dans mon bouleversement, je blasphémais en mon for intérieur : Dieu est un grand envieux ; il ne tolère pas d'autre éternité à ses côtés, et c'est pourquoi il a démenti la veuve, ni d'autre dogme que le catholique, et c'est pourquoi il a démenti mon ami. C'est ainsi que j'expliquais la perte de mon amante et des cinquante mille réaux.

Je quittai la capitale et m'en fus exercer à la campagne, mais pour peu de temps. La guigne m'accompagna, en

1. Le réal, monnaie en usage au Brésil et au Portugal tout au long du XIXe siècle, vit sa valeur diminuer au point de n'être plus compté que par unités de mille. Un *mil-réis* constitue donc une petite somme, qu'il ne faut pas confondre avec le *conto de réis*, équivalent de mille *mil-réis*.

2. La zone vallonnée de Tijuca est aujourd'hui un parc national, incluant le célèbre *Corcovado* où se dresse le Christ Rédempteur. Elle doit son nom au Pic de Tijuca qui surplombe Rio de ses 1 021 mètres. C'était autrefois une zone de villégiature parmi des bosquets et des plantations de café, où séjournaient les gens élégants.

croupe sur mon âne, et où je mis pied à terre, elle mit pied à terre également. Je vis son doigt partout, dans les procès qui ne venaient pas, dans ceux qui venaient et ne rapportaient rien ou presque, et ceux qui, pouvant rapporter quelque chose, étaient invariablement perdus. Outre le fait que les parties qui l'emportent montrent plus de gratitude que les autres, la succession de causes perdues finit par éloigner de moi les plaignants. Après quelque temps – un an et demi – je revins à la cour et m'établis avec Gonçalves, un ancien camarade de promotion.

Ce Gonçalves était l'esprit le moins juridique, le moins apte à se colleter aux questions de droit. C'était un véritable vaurien. Comparons la vie mentale à une demeure élégante ; Gonçalves ne tenait pas dix minutes d'une conversation de salon, il s'éclipsait, descendait à l'office et allait bavarder avec les domestiques. Mais il compensait cette qualité subalterne par une certaine lucidité, par la vivacité de sa compréhension, dans les sujets moins ardus ou moins complexes, par sa facilité d'expression, et, ce qui n'était pas rien pour un pauvre diable méprisé par la fortune, par une joie presque continuelle. Dans un premier temps, comme les procès n'arrivaient pas, nous tuions le temps en longues conférences, vives et animées, où il prenait la meilleure part, que nous parlions de politique ou bien de femmes, sujet qui lui était particulièrement cher.

Mais les procès finirent par arriver ; parmi eux, une question d'hypothèque. Il s'agissait de la maison d'un employé des douanes, Temístocles de Sá Botelho, qui n'avait pas d'autre bien et voulait sauver sa propriété. Je me chargeai de l'affaire. Temístocles fut enchanté de mes services ; et deux semaines plus tard, comme je lui déclarais que je n'étais pas marié, il me répondit en riant qu'il n'avait pas pour habitude de fréquenter des célibataires. Il me dit bien d'autres choses et m'invita à dîner chez lui. Je m'y rendis ; j'y tombai amoureux de sa fille, Dona Rufina, une jeune fille de dix-neuf ans, fort mignonne, bien qu'un peu réservée et éteinte à demi. Peut-être est-ce dû à son éducation, pensai-je. Nous nous mariâmes quelques mois plus tard. Je n'invitai pas la guigne, bien sûr ; mais à l'église, parmi les barbes bien faites et les favoris lustrés, il me sembla voir la grosse figure sardonique et le regard oblique de ma cruelle adversaire. C'est pourquoi, au moment de proférer la formule sacrée et définitive du mariage, je frémis, hésitai, et finalement balbutiai pris de peur ce que le prêtre me dictait...

J'étais marié. Rufina ne possédait pas, il est vrai, certaines qualités comme l'éclat ou l'élégance ; on savait dès l'abord qu'elle ne deviendrait pas, par exemple, une dame de salon. Elle avait cependant les qualités d'une femme d'intérieur, et je n'en demandais pas davantage. Une vie obscure me suffisait ; et, du moment qu'elle l'animerait, tout irait bien. Mais c'était là justement le point douloureux de l'affaire. Rufina (permettez-moi cette représentation chromatique) n'avait pas l'âme noire de Lady Macbeth, ni la rouge de Cléopâtre, ni la bleue de Juliette, ni la blanche de Béatrice, mais une âme grise et falote comme celle du commun des mortels. Elle était bonne par apathie, fidèle sans vertu, amie sans tendresse ni prédilection. Un ange l'emmènerait au ciel, un diable en enfer, sans effort dans les deux cas, et sans que, dans le premier, lui revienne la moindre gloire, ni le moindre opprobre dans le second. C'était la passivité du somnambule. Elle n'avait aucune vanité. Son père avait tramé ce mariage pour avoir un gendre docteur ; elle, non ; elle m'accepta comme elle aurait accepté un sacristain, un magistrat, un général, un fonctionnaire, un lieutenant, et non par impatience d'être mariée, mais par obéissance à sa famille et, jusqu'à un certain point, pour faire comme les autres. On se munissait de maris ; elle voulait aussi se munir du sien. Rien de plus étranger à ma propre nature ; mais j'étais marié.

Heureusement – ah ! Un heureusement dans ce dernier chapitre d'un malchanceux est, en vérité, une anomalie ; mais poursuivez votre lecture et vous verrez que cet adverbe relève du style, non de la vie ; c'est une forme de transition et rien de plus. Ce que je vais dire n'altère pas ce qui est dit. Je vais dire que les qualités domestiques de Rufina lui donnaient bien du mérite. Elle était modeste ; elle n'aimait pas les bals, ni les promenades, ni les appuis de fenêtre. Elle vivait recluse en elle-même. A la maison, elle n'était pas accablée de travail, ce n'était pas nécessaire ; pour lui donner tout ce dont elle avait besoin, mon travail suffisait, et les robes et les chapeaux, tout cela venait « des Françaises », comme on appelait alors les modistes. Rufina, entre deux ordres qu'elle avait à donner, restait assise des heures et des heures, bâillant en esprit, tuant le temps, une hydre à cent têtes qui ne mourait jamais ; mais, je le répète, malgré toutes ses lacunes, elle était bonne ménagère. Pour ma part, je tenais le rôle de ces grenouilles qui voulaient un roi ; la différence est que, Jupiter m'ayant envoyé une souche, je n'en réclamai pas d'autre, car viendrait un serpent qui m'engloutirait. Vive la souche ! me dis-je. Et je ne raconte cela que pour montrer la logique et la constance de mon destin.

Un autre *heureusement* ; et celui-ci n'est pas qu'une transition verbale. Au bout d'un an et demi, une espérance pointa à l'horizon, et, mesurée à la commotion que me donna la nouvelle, une espérance suprême et unique. C'était mon souhait qui s'accomplissait. Quel souhait ?

Un fils. Ma vie changea immédiatement. Tout me souriait comme en un jour de fiançailles. Je lui préparai un accueil royal ; je lui achetai un splendide berceau, qui me coûta fort cher ; il était d'ivoire et d'ébène, un ouvrage magnifique ; puis, petit à petit, j'achetai son trousseau ; je fis coudre la layette la plus fine, les flanelles les plus chaudes, une jolie coiffe de dentelle, je lui achetai une voiture d'enfant, et j'attendis, j'attendis, prêt à danser devant lui comme David devant l'arche... Ah, guignon ! L'arche entra vide à Jérusalem ; l'enfant était mort-né.

Ce fut Gonçalves qui me consola dans ce malheur, lui qui devait être le parrain du petit, et qui était notre ami, notre commensal et notre confident. Patience, me dit-il : je serai parrain de ce qui viendra. Et il me réconfortait, me parlait d'autre chose, avec la tendresse d'un ami. Le temps fit le reste. Gonçalves lui-même me fit remarquer par la suite que, si le petit devait être affligé de déveine, il valait mieux qu'il fût mort-né.

– Et qu'est-ce qui te fait penser le contraire ? répliquai-je.

Gonçalves sourit ; il ne croyait pas en ma malchance. Il est vrai qu'il n'avait le temps de croire en rien ; tout lui était motif à être heureux. Il avait finalement commencé sa conversion au barreau, déjà il instruisait des plaintes, dirigeait des requêtes, assistait aux audiences, tout cela parce qu'il fallait bien vivre, disait-il. Et joyeux, toujours. Ma femme le trouvait très drôle, elle riait longuement de ses plaisanteries et de ses anecdotes qui parfois étaient trop piquantes. Au début, je le reprenais en particulier, mais je m'y accoutumai. Et puis, qui ne pardonnerait ses privautés à un ami, un ami si jovial ? Je dois dire que lui-même se refréna peu à peu, et à quelque temps de là, je le trouvai d'un grand sérieux. Tu es amoureux, lui dis-je un jour ; et lui, en pâlissant, me répondit que oui, et il ajouta en souriant, bien que faiblement, qu'il était indispensable qu'il se marie également. A table, j'évoquai la question.

– Rufina, sais-tu que Gonçalves va se marier ?

– Il est en train de se moquer, répliqua vivement Gonçalves.

Je maudis mon indiscrétion et n'abordai plus le sujet. Cinq mois plus tard... la transition est rapide mais il n'y a pas moyen de la rendre plus longue. Cinq mois plus tard, Rufina tomba malade, gravement, et ne résista pas huit jours ; elle mourut d'une fièvre pernicieuse.

Chose singulière : lorsqu'elle était vivante, notre divergence morale entraînait le relâchement des liens, qui se maintenaient surtout par la nécessité et l'habitude. La mort, avec son grand pouvoir spirituel, changea tout ; Rufina m'apparut comme l'épouse qui descend du Mont Liban, et la divergence fut remplacée par une totale fusion de nos êtres. Je m'emparai de cette image qui emplissait mon âme, et j'en emplis ma vie, où elle occupait naguère si peu d'espace, et cela pour si peu de temps. C'était un défi à ma mauvaise étoile ; c'était dresser un édifice de fortune en roche pure, indestructible. Comprenez-moi bien ; tout ce qui jusqu'alors avait dépendu du monde extérieur était naturellement précaire : les tuiles tombaient par l'ébranlement des hamacs, les surplis se refusaient aux sacristains, les serments des veuves s'enfuyaient avec les dogmes des amis, les procès allaient en cahotant ou bien sombraient ; enfin, les enfants naissaient sans vie. Mais l'image d'une défunte était immortelle. Avec elle je pouvais défier le regard torve du mauvais sort. Le bonheur était entre mes mains, captif, faisant vibrer l'air de ses grandes ailes de condor, tandis que la malchance, semblable à une chouette, volait en direction de la nuit et du silence.

Un jour cependant, comme je relevais d'une fièvre, l'idée me vint d'inventorier certains objets de la disparue, et je commençai par une cassette qui n'avait pas été ouverte depuis sa mort, cinq mois auparavant. J'y trouvai une quantité de choses minuscules, des aiguilles, du fil, des canevas, un dé à coudre, des ciseaux, une prière à saint Cyprien, une liste de vêtements, d'autres quincailleries, et un paquet de lettres, enserrées d'un ruban bleu. Je défis le ruban et ouvris les lettres : elles étaient de Gonçalves... Midi ! Finissons-en ; mon domestique peut revenir, et adieu. Nul n'imagine comme le temps court dans les circonstances où je me trouve ; les minutes volent comme des empires et, ce qui importe en cette occasion, les feuilles de papier s'envolent avec elles.

Je ne raconterai pas tous les mauvais chevaux, les affaires avortées, les relations interrompues ; encore moins d'autres petites provocations de la fortune. Fatigué et dégoûté, je compris que je ne pourrais trouver le bonheur nulle part ; j'allai plus loin : je pensai qu'il n'existait pas sur cette terre et je me suis préparé, depuis hier, au grand plongeon dans l'éternité. Aujourd'hui j'ai déjeuné, j'ai fumé un cigare, et me suis penché à la fenêtre. Au bout de dix minutes, j'ai vu passer un homme bien habillé, qui regardait ses pieds à intervalles réguliers. Je le connaissais de vue ; il avait été victime de grands revers, mais il allait souriant, et il contemplait ses pieds, ou plutôt ses souliers. Ceux-ci étaient neufs, vernis, très bien dessinés et probablement cousus avec art. Il levait les yeux vers les fenêtres, vers les gens, puis les posait à nouveau sur les souliers, comme par une loi d'attraction, antérieure et supérieure à la volonté. Il était joyeux ; on lisait sur son visage l'expression du bonheur. Bien sûr, il était heureux ; et sans doute n'avait-il pas déjeuné, sans doute n'avait-il pas un sou en poche. Mais il était heureux, et il contemplait ses bottes.

Le bonheur serait-il une paire de bottes ? Cet homme bafoué si souvent par la vie a finalement reçu un sourire de la fortune. Rien ne vaut rien. Aucune préoccupation de ce siècle, aucun problème social ou moral, ni les joies de la génération qui commence, ni les chagrins de celle qui s'achève, misère ou guerre des classes, crises de l'art et de la politique, rien ne vaut, pour lui, une paire de bottes. Il les contemple, il les respire, il scintille avec elles, il foule grâce à elles la surface d'un globe qui lui appartient. D'où la fierté de son attitude, la rigidité de ses pas, et ce petit air de tranquillité olympienne... Oui, le bonheur est une paire de bottes.

Voilà l'explication de mon testament. Les gens superficiels diront que je suis fou, que le délire du suicidé explique la clause du testateur ; mais je m'adresse, moi, aux sages et aux malchanceux. Et l'objection n'est pas valable, qui voudrait que je m'offre à moi-même ces bottes que je lègue à d'autres ; non, car alors je serais bien seul. En les distribuant, je fais un certain nombre d'heureux. Ohé, les malchanceux ! Que ma dernière volonté soit faite. Bonne nuit, et chaussez-vous !

Fulano

Venez avec moi, lecteur, allons assister à l'ouverture du testament de mon ami Fulano Beltrão[1]. L'avez-vous connu ? C'était un homme de près de soixante ans. Il est mort hier, 2 janvier 1884, à onze heures et demie du soir. Vous n'imaginez pas la force de caractère qu'il a montrée durant toute sa maladie. Elle a commencé la veille de la Toussaint ; rien de grave, pensions-nous ; mais le mal s'est installé et après deux mois et quelques jours la mort l'a emporté.

Je vous avouerai que je suis curieux d'entendre le testament. Il contiendra certainement quelques résolutions d'intérêt général qui seront à son honneur. Avant 1863, il en serait allé autrement, car jusqu'alors c'était un homme très discret, réservé, qui vivait sur la route du Jardin botanique, où il se rendait en omnibus ou à dos de mulet. Il avait encore sa femme et son fils, et sa fille célibataire était âgée de treize ans. Ce fut cette année-là qu'il commença à se consacrer à autre chose qu'à sa seule famille, révélant ainsi un esprit universel et généreux. Je ne puis rien vous affirmer quant à la cause de ce change-

1. *Fulano* et *Beltrão* (*beltrano*) sont des termes synonymes en portugais et signifient Machin, Trucmuche ou encore Tartempion. Le personnage est donc doublement commun.

ment. Je crois que ce fut l'éloge que publia un ami, à l'occasion de ses quarante ans. Fulano Beltrão lut dans le *Journal du Commerce*, le 5 mars 1864, un article anonyme où l'on disait à son propos des choses belles et exactes : bon père de famille, bon époux, ami fiable, digne citoyen, âme élevée et pure. Qu'on lui rendît justice, c'était déjà beaucoup ; mais de manière anonyme, voilà qui était peu courant.

– Tu verras, dit Fulano Beltrão à sa femme, tu verras que cela vient de Xavier ou de Castro ; le voile sera bientôt levé.

Castro et Xavier étaient deux habitués de la maison, fidèles partenaires à l'écarté et vieux amis de mon ami. Ils avaient certes coutume de dire des choses aimables, le 5 mars, mais plutôt à l'heure du dîner, dans l'intimité de la famille, entre quatre murs ; il vivait là son baptême d'éloges imprimés. Il se peut que je me trompe ; mais selon moi, le spectacle de la justice, la preuve matérielle que les qualités positives et les bonnes actions ne meurent pas dans l'obscurité, tout cela encouragea mon ami à se dépenser, à se montrer, à s'afficher, à prodiguer à la communauté humaine une partie de ses vertus innées. Il considéra le fait que des milliers de gens devaient être en train de lire cet article, à l'heure même où il le lisait ; il imagina qu'on le commentait, le soupesait, le confirmait, il entendit même, par un phénomène d'hallucination que la science pourrait expliquer, et qui n'est pas rare, il entendit distinctement quelques voix s'élever de ce public. Il les entendit l'appeler un homme de bien, un gentleman distingué, un excellent ami, laborieux, honnête, tous les qualificatifs qu'il avait entendu s'appliquer à d'autres, et dont il n'aurait jamais présumé, lui qui vivait à l'écart, comme un sauvage, qu'ils lui seraient – typographiquement – accolés.

– La presse est une grande invention, dit-il à sa femme.

Ce fut elle, Dona Maria Antônia, qui perça le mystère : l'article était de Xavier. Celui-ci déclara n'en reconnaître la paternité que par égard pour la maîtresse de maison ; il ajouta que la démonstration avait été incomplète, car son idée première était d'envoyer l'article à tous les journaux, ce qu'il n'avait pu faire pour l'avoir terminé à sept heures du soir. Le temps d'en faire des copies avait manqué. Fulano Beltrão remédia à ce manque, si manque il y avait, en faisant transcrire l'article dans le *Journal de Rio* et dans le *Courrier Commercial*.

Quand bien même cet événement n'aurait pas provoqué le changement dans la vie de mon ami, une chose est certaine : c'est à compter de cette année-là, et plus précisément de ce mois de mars, qu'il commença à se montrer davantage. Jusqu'alors, il avait été une espèce d'ours qui ne se rendait pas aux assemblées des sociétés commerciales, ne votait pas aux élections politiques et ne fréquentait ni les théâtres ni rien d'autre, absolument rien. Mais en ce mois de mars déjà, il offrit à la Sainte Maison de la Miséricorde un billet de la grande loterie d'Espagne, et reçut du père supérieur une lettre digne, qui le remerciait au nom des pauvres. Il consulta sa femme et ses amis pour savoir s'il valait mieux garder la lettre ou la rendre publique, lui-même tenant que ne pas la publier serait inélégant. En effet, la lettre parut le 26 mars dans tous les journaux, l'un d'entre eux l'accompagnant de force commentaires sur la piété du donateur. Parmi ceux qui lurent cette nouvelle, nombreux furent ceux qui se rappelaient encore l'article de Xavier, et qui firent le lien entre les deux : « Fulano Beltrão, c'est bien celui qui, etc », premier fondement de la réputation d'un homme.

Il est tard, nous devons entendre le testament et je ne puis tout vous raconter. Je vous dirai pour résumer que les injustices de la rue trouvèrent en lui un vengeur actif et disert ; que les souffrances, principalement les souffrances dramatiques, filles des incendies ou des inondations, virent prendre par mon ami l'initiative des secours qui, en ces circonstances, doivent être prompts et collectifs. Il n'avait pas son pareil pour créer un tel mouvement. De même pour l'affranchissement des esclaves. Avant la loi du 28 septembre 1871 [1], il était courant de voir, place du Commerce, des enfants esclaves pour la liberté desquels on sollicitait l'appui des négociants. Fulano Beltrão lançait les trois quarts des souscriptions, avec un tel succès qu'en quelques minutes la somme était couverte.

La reconnaissance obtenue l'encourageait et lui donnait même des idées qui autrement ne lui seraient jamais venues à l'esprit. Je ne parle pas du bal qu'il donna pour célébrer la victoire de Riachuelo [2], car sa tenue était prévue avant l'annonce de la bataille, et il ne fit que lui attribuer un motif plus élevé qu'une simple distraction familiale, suspendant un portrait de l'amiral Barroso au centre d'un trophée d'armes navales et de bannières dans le salon d'honneur, face au portrait de l'Empereur, et portant finalement au souper quelques toasts patriotiques, comme en font état les journaux de 1865.

1. Loi dite « du Ventre libre », selon laquelle les enfants nés d'esclaves étaient libres, après une période de « tutorat » déterminée par le propriétaire.

2. La bataille navale de Riachuelo, l'un des premiers épisodes de la Guerre du Paraguay (1865-1870), vit la flotte brésilienne, commandée par l'amiral Francisco Manuel Barroso da Silva, défaire la flotte paraguayenne.

Mais voici un exemple très caractéristique de l'influence que l'estime des autres peut avoir sur notre façon d'agir. Fulano Beltrão s'en revenait un jour du Trésor où il s'était rendu pour négocier quelques décimes. Passant devant l'église de la Lampadosa, il se souvint y avoir été baptisé ; et nul ne peut évoquer un tel souvenir sans remonter le fil des ans et des événements, se réfugier à nouveau dans le giron maternel, et rire et jouer comme jamais plus on n'a ri et joué. Fulano Beltrão ne put échapper au phénomène ; il franchit le parvis, pénétra dans l'église, si simple, si modeste, et pour lui si riche et si belle. Sortant de là, sa résolution était prise, qu'il mit en œuvre en quelques jours : il fit présent à la Lampadosa d'un superbe candélabre d'argent où figuraient, outre le nom du donateur, deux dates : celle du don et celle du baptême. Tous les journaux firent part de cette nouvelle, ils la reçurent même en double, puisque l'administration de l'église entendit (avec raison) qu'il lui revenait de la proclamer aux quatre vents.

Au bout de trois ans, ou moins, mon ami était entré dans les cogitations publiques ; on se rappelait son nom, lors même qu'aucun événement récent n'y faisait référence, on se le rappelait, bien plus : on y associait quelque chose. Déjà il arrivait qu'on notât son absence en tel lieu ; pour se rendre à tel autre on l'allait chercher. Dona Maria Antônia voyait ainsi pénétrer dans son Eden le serpent biblique, non pour la tenter elle, mais pour tenter Adam. En effet, son mari avait tant de visites à rendre, tant d'affaires en cours, il se montrait si souvent rue de l'Ouvidor, devant Chez Bernardo, que l'ancienne intimité de la maison se distendit. Dona Maria Antonia le lui dit. Il en convint, mais lui démontra qu'il n'en pouvait aller autrement, et qu'en tout état de cause, si ses habitudes avaient changé, ses sentiment étaient restés les mêmes. Il avait des obligations morales envers la société ; nul ne s'appartient en propre ; d'où son attention quelque peu dispersée. La vérité est qu'ils avaient vécu trop repliés sur eux-mêmes. Ce n'était pas convenable ; leur fille serait bientôt en âge d'être mariée, et une maison trop fermée a des relents de monastère. Par exemple, une voiture, pourquoi n'auraient-ils pas une voiture ? Dona Maria Antônia eut un frémissement de plaisir, mais très bref ; elle protesta aussitôt, après une minute de réflexion.

– Non. Qu'en ferions-nous ? Non, laissons-là la voiture.

– Elle est déjà prise, mentit son mari.

Nous voici parvenus au bureau de l'avoué. Personne n'est encore arrivé ; attendons devant la porte. Etes-vous pressé ? Il y en a pour vingt minutes tout au plus. Eh bien, c'est la vérité, il acheta une belle victoria ; et pour quelqu'un qui, par modestie, ne s'était jamais déplacé qu'à dos de mule ou bien en omnibus, il n'était guère facile de s'accoutumer au nouveau véhicule. C'est à cela que j'attribue sa posture des premières semaines, penché en avant, la tête légèrement saillante, et les regards qu'il lançait à droite et à gauche, comme l'on chercherait des yeux un homme ou une maison. Il finit par s'y faire ; il prit l'habitude de s'asseoir au fond du siège, sans cependant éprouver le sentiment d'indifférence nonchalante que son épouse et sa fille savaient si bien arborer, peut-être parce qu'elles étaient femmes. D'ailleurs, elles n'appréciaient guère d'aller en voiture ; mais il les pressait tellement de sortir, de se rendre partout, voire même nulle part, qu'elles n'avaient d'autre remède que de lui obéir ; et dans la rue, c'était notoire : à peine voyait-on le bout des robes de deux dames, et sur le siège de poste certain cocher, que chacun pouvait dire : C'est la famille de Fulano Beltrão qui arrive.

Et cela, sans peut-être qu'il en fût conscient, le rendait encore plus connu.

L'année 1868 fut celle de son entrée en politique. Je sais l'année car elle coïncida avec la chute des libéraux et l'arrivée des conservateurs[1]. Vers mars ou avril il déclara adhérer au parti de la majorité, non pas en douce, mais au vu et au su de tout le monde. Ce fut là, peut-être, la principale faiblesse dans la vie de mon ami. Il n'avait pas d'idées politiques ; il avait tout au plus de ces tempéraments qui pallient les idées et laissent croire qu'un homme pense quand il ne fait que transpirer. Il céda cependant à une hallucination passagère. Il se vit à la Chambre, fusant en apartés, ou penché à la balustrade, conversant avec le président du Conseil, qui lui répondait par un sourire, dans l'intimité grave de ceux qui nous gouvernent. C'est alors certainement que la galerie, dans l'exacte acception du terme, n'aurait d'yeux que pour lui. Il fit tout ce qu'il put pour entrer à la Chambre ; à mi-parcours le gouvernement tomba. Revenant de son bouleversement, il crut bon d'affirmer à Itaboraí le contraire de ce qu'il avait dit à Zacarias, ou plutôt, la même chose ; mais il perdit l'élection, et renonça à la politique. Il se montra bien plus avisé lorsqu'il se mêla de la question des prélats opposés à la franc-maçonnerie[2]. Au début, il ne broncha pas. D'un côté, il était

1. En juin 1868, le vicomte d'Itaboraí, politicien conservateur, fut contre toute attente nommé chef du gouvernement par l'Empereur, en remplacement du libéral Zacarias de Góis, alors même qu'il y avait une majorité libérale à la Chambre. Ce passage en force, qui entraîna la tenue de nouvelles élections législatives, fut qualifié par la suite de coup d'Etat. Fulano Beltrão commet l'erreur d'adhérer au parti libéral peu de mois avant qu'il soit écarté du pouvoir.

2. En 1872, l'Empereur publia un décret autorisant les Maçons à adhérer au Tiers Ordre. Des évêques furent emprisonnés pour s'être

Maçon ; d'un autre, il voulait respecter les sentiments religieux de son épouse. Mais le conflit prit de telles proportions qu'il ne put se tenir coi ; il s'y engagea avec l'ardeur, l'exubérance, l'éclat qu'il mettait en toute chose ; il organisa des réunions où il parla abondamment de la liberté de conscience et du droit qu'avait le Maçon d'enfiler l'habit ; il signa des pétitions, des réclamations, des félicitations, il ouvrit sa bourse et son cœur, ostensiblement.

Sa femme mourut en 1878. Elle lui avait demandé un enterrement sans apparat, et il le lui offrit, car il l'aimait vraiment et tenait sa dernière volonté pour un décret du ciel. Il avait déjà perdu son fils ; sa fille, mariée, se trouvait en Europe. Mon ami partagea sa douleur avec le public ; et s'il enterra sa femme sans apparat, il ne manqua pas de lui faire sculpter en Italie un magnifique mausolée, que notre ville put admirer lorsqu'il fut exposé, rue de l'Ouvidor, durant près d'un mois. Sa fille vint même assister à l'inauguration. J'ai cessé de les voir il y a quatre ans environ. Récemment survint la maladie, qui après un peu plus de deux mois l'envoya de ce monde-ci vers un meilleur. Notez que jusqu'aux prémices de l'agonie il ne perdit jamais son discernement ni sa force d'âme. Il conversait avec les visiteurs, faisait les présentations, sans oublier d'énumérer à ceux qui arrivaient les noms de ceux qui venaient de partir ; chose inutile, car un journal ami les mentionnait tous. Le matin même de sa mort il se fit lire les journaux, et dans l'un d'eux une brève communication évoquant sa maladie parut lui rendre quelque force. Mais dans l'après-midi il s'affaiblit un peu, et au soir il expira.

---

opposé à cette décision, ce qui provoqua une crise constitutionnelle – la « question religieuse » – dont l'Empire sortit affaibli.

Je vois que vous vous impatientez. En vérité ils sont bien en retard... Attendez ; je crois qu'ils arrivent. Les voilà ; entrons. Voici notre avoué, qui commence à lire le testament. Vous entendez ? Point n'était besoin d'une généalogie si minutieuse, qui outrepasse les pratiques notariales ; mais le fait même d'évoquer sa famille depuis les trisaïeuls illustre l'esprit méticuleux et patient de mon ami. Il n'oubliait rien. Le cérémonial des obsèques est long et compliqué, mais beau. Voici maintenant la liste des legs. Ils sont tous pieux ; certains sont industriels. Voyez l'âme de mon ami. Trente millions [1]...

Trente millions pourquoi ? Pour servir de commencement à une souscription publique pour l'érection d'une statue à Pedro Álvares Cabral [2]. « Cabral, dit le testament, ne doit pas être oublié des Brésiliens, il est le précurseur de notre Empire. » Il recommande que la statue soit de bronze, avec quatre médaillons sur le piédestal, à savoir, le portrait de l'évêque Coutinho [3], président de la Constituante, celui de Gonzaga, le chef de la Conjuration Minière [4], et ceux de deux citoyens de notre génération, « au patriotisme et à la libéralité notoires », au choix de la commission qu'il a lui-même désignée pour mener à bien cette entreprise.

1. *Trinta contos...*, c'est-à-dire trente mille *mil-réis*.

2. Pedro Álvares Cabral découvrit le Brésil en 1500.

3. Il s'agit de José Caetano da Silva Coutinho, évêque de Rio, qui présida en 1823 à l'élaboration de la première Constitution de l'Empire du Brésil, après l'Indépendance proclamée l'année précédente.

4. Mieux connue sous le nom d'*Inconfidência mineira*, cette conjuration démasquée en 1789 impliqua des propriétaires de mines, des magistrats, parmi lesquels les très fameux poètes Cláudio Manuel da Costa et Tomás Antônio Gonzaga, et fut à l'origine du mythe de Tiradentes, précurseur de l'Indépendance. L'adjectif *mineiro* désigne ce qui a trait à l'état du Minas Gerais.

Si elle deviendra réalité, je l'ignore ; la persévérance du premier souscripteur nous fait défaut. Toutefois, dans l'hypothèse où la commission accomplirait sa tâche, où ce soleil américain verrait se dresser la statue de Cabral, il serait à notre honneur qu'il contemple, sur l'un des médaillons, le portrait de mon défunt ami. Qu'en pensez-vous ? Bien, l'avoué en a terminé, allons-nous-en.

Evolution

Je m'appelle Inácio ; lui, Benedito. Je tairai nos noms complets par un sentiment de pudeur que les gens discrets apprécieront. Inácio suffit. Contentez-vous de Benedito. Ce n'est pas beaucoup, mais c'est quelque chose, et convient à la philosophie de Juliette : « Que valent les noms ? demandait-elle à son amant. La rose, quel que soit le nom qu'on lui donne, a toujours le même parfum. » Venons-en au parfum de Benedito.

Et qu'il soit clair dès à présent qu'en ce monde il n'avait rien d'un Roméo. Il avait quarante-cinq ans lorsque je fis sa connaissance ; je ne dirai pas à quelle époque, car en ce conte il en sera ainsi, tout restera mystérieux et elliptique. Quarante-cinq ans, d'épais cheveux noirs, et pour ceux qui ne l'étaient plus, un traitement chimique si efficace qu'on ne discernait nulle différence – sinon au saut du lit ; mais au saut du lit il ne se montrait à personne. Le reste était naturel, les jambes, les bras, la tête, les yeux, les vêtements, la chaîne de montre et la canne. Même l'épingle de diamant qui ornait sa cravate était naturelle et légitime : elle lui avait coûté une belle somme ; je fus témoin de l'achat, chez... le nom du joaillier a failli m'échapper ; restons-en à la rue de l'Ouvidor.

Moralement, il était lui-même. Nul ne change de caractère, et celui de Benedito était bon, ou pour mieux dire, bon enfant. Mais intellectuellement, il était moins original. On pourrait le comparer à une auberge bien achalandée, où se rencontreraient des idées de toutes sortes, qui se mettraient à table avec la famille du patron. Parfois, il arrivait que se rencontrent deux personnalités ennemies, ou juste réciproquement antipathiques ; personne n'élevait la voix, le maître de maison imposait aux visiteurs une indulgence mutuelle. C'est ainsi qu'il parvenait à concilier une espèce d'athéisme vague avec deux confréries qu'il avait fondées, à Gávea, à Tijuca ou à Engenho Novo, je ne sais plus. Il pratiquait ainsi, en toute promiscuité, la dévotion, l'irréligion et les bas de soie. Jamais je n'ai vu ses bas, notez bien ; mais il n'avait aucun secret pour ses amis.

Nous nous connûmes lors d'un voyage à Vassouras. Nous avions laissé le train pour la diligence qui devait nous mener de la gare jusqu'à la ville. Nous échangeâmes quelques mots, et bientôt nous conversions en toute franchise, au gré des circonstances que nous imposait cette convivialité obligée, avant même de nous être présentés l'un à l'autre.

Naturellement, le premier sujet abordé fut le progrès apporté par les chemins de fer. Benedito se rappelait le temps où le voyage se faisait à dos d'âne. Nous racontâmes alors quelques anecdotes, citâmes quelques noms, et nous mîmes d'accord sur le fait que les chemins de fer étaient une des conditions du progrès de notre pays. Ceux qui n'ont jamais voyagé ignorent la valeur de telles banalités, graves et solides, pour dissiper l'ennui du chemin. L'esprit prend l'air, les muscles eux-mêmes se détendent, le sang ne frémit pas, on se sent en paix avec Dieu et les hommes.

– Nos fils ne vivront pas assez pour voir ce pays quadrillé par les chemins de fer, dit-il.

– Non, certes. Avez-vous des enfants, monsieur ?

– Aucun.

– Moi non plus... Cinquante ans n'y suffiront pas. Et cependant, c'est pour nous une priorité absolue. Je compare le Brésil à un enfant qui marche à quatre pattes ; il ne se tiendra sur ses jambes que lorsqu'il aura quantité de voies ferrées.

– Quelle belle idée ! s'exclama Benedito, les yeux brillants.

– Peu m'importe qu'elle soit belle, du moment qu'elle est juste.

– Elle est belle et juste, répliqua-t-il aimablement. Oui, monsieur, vous avez raison : le Brésil marche à quatre pattes ; il ne se tiendra sur ses jambes que lorsqu'il aura quantité de voies ferrées.

Nous arrivâmes à Vassouras ; je me rendis chez le juge municipal, un vieux camarade ; lui ne resta qu'un seul jour et poursuivit son voyage dans l'arrière-pays. Huit jours plus tard je retournai à Rio, mais seul. Au bout d'une semaine, il rentrait à son tour. Nous étant rencontrés au théâtre, ce fut l'occasion de parler d'abondance et d'échanger des nouvelles ; Benedito finit par m'inviter à déjeuner chez lui le lendemain. J'acceptai ; il m'offrit un repas princier, avec de bons cigares et une discussion animée. Je remarquai que sa conversation faisait meilleur effet au cours d'un voyage – l'esprit prenant l'air et nous sentant en paix avec Dieu et les hommes. Mais je dois le dire : peut-être le déjeuner avait-il fait de l'ombre au reste ; en vérité, il était plantureux, et ce serait peu pertinent, d'un point de vue historique, que de dresser chez Platon la table de Lucullus. Entre le café et le cognac, le coude posé sur le bord de la table, il me dit, le regard fixé sur son cigare qui se consumait :

– Au cours de mon voyage, j'ai pu constater à quel point votre idée du Brésil qui marche à quatre pattes était juste.

– Ah ?

– Oui, monsieur. C'est bien ce que vous disiez dans la diligence de Vassouras. Nous ne nous tiendrons sur nos jambes que lorsque nous aurons quantité de voies ferrées. Vous ne pouvez imaginer à quel point cela est vrai.

Et il fit état de nombre d'aperçus, des observations relatives aux coutumes de l'intérieur, les difficultés de la vie, les retards de toute sorte, prenant acte, cependant, de la bonne volonté de la population et de ses aspirations au progrès. Malheureusement, le gouvernement ne pourvoyait pas aux besoins de la patrie ; il paraissait même désireux de la maintenir en-deçà des autres nations américaines. Mais il était indispensable de nous persuader que les principes sont tout et les hommes rien. Les peuples ne doivent pas servir les gouvernements, ce sont les gouvernements qui doivent servir le peuple ; et *abyssus abyssum invocat*. Puis il me montra les autres pièces. Toutes étaient tapissées avec goût. Il me montra les collections de tableaux, de monnaies, de timbres, d'armes ; il possédait des épées et des fleurets, mais avoua ne pas pratiquer l'escrime. Parmi les tableaux je vis un beau portrait de femme ; je lui demandai qui elle était. Benedito sourit.

– Je n'insisterai pas, dis-je en souriant à mon tour.

– Non, pourquoi le cacher ? s'écria-t-il. C'est une jeune femme que j'ai beaucoup aimée. Elle est jolie, n'est-ce pas ? C'était une beauté comme vous ne pouvez l'imaginer. Des lèvres de carmin, en vérité, et des joues de rose ;

ses yeux étaient noirs comme la nuit. Et quelles dents ! De véritables perles. Un chef-d'œuvre de la nature.

Puis nous passâmes dans le cabinet. Il était vaste, élégant, un peu commun, mais rien n'y manquait. Il y avait deux étagères couvertes de livres fort bien reliés, une mappemonde, deux cartes du Brésil. Le secrétaire était d'ébène, une œuvre magnifique ; dessus, ouvert comme au hasard, un almanach Laemmert[1]. L'encrier était de cristal, « du cristal de roche » précisa-t-il en m'expliquant l'encrier comme il pouvait expliquer le reste. Dans la salle attenante il y avait un orgue. Il jouait de l'orgue, il aimait beaucoup la musique, il en parla d'ailleurs avec enthousiasme, citant les opéras, leurs meilleurs morceaux, et il m'expliqua qu'étant petit il avait commencé l'apprentissage de la flûte, qu'il avait abandonné bientôt, ce qui était fort dommage, conclut-il, car c'est là, en vérité, un instrument bien mélancolique. Il me montra d'autres salles encore, nous passâmes au jardin, qui était splendide – l'art y aidait la nature tout comme la nature couronnait l'œuvre d'art. Parmi les roses, par exemple (on ne peut nier, me dit-il, que c'est la reine des fleurs), parmi les roses on trouvait toutes les variétés et toutes les origines.

Je sortis de là enchanté. Nous nous rencontrâmes à plusieurs reprises, dans la rue, au théâtre, chez des amis communs, j'eus l'occasion de l'apprécier. Quatre mois plus tard je partis pour l'Europe, pour une affaire qui allait me tenir éloigné durant une année ; il resta pour s'occuper de son élection ; il voulait être député. C'est moi qui lui mis cette idée en tête, sans la moindre inten-

1. Autrement dit, l'*Almanach administratif, commercial et industriel de la cour de Rio de Janeiro*, ouvrage de référence édité annuellement par Laemmert, qui contenait toute sorte de données et de statistiques et dont la lecture vous classait parmi les hommes d'affaires.

tion politique, uniquement dans le but de lui être agréable ; pour moi, c'était un peu comme de louer la coupe de son gilet. Il s'empara de cette idée, et il se présenta. Un jour, comme je traversais une rue, à Paris, je tombai subitement sur Benedito.

– Mais alors ? m'exclamai-je.

– J'ai perdu les élections, me dit-il, et je suis venu me promener en Europe.

Il ne me quitta plus ; nous voyageâmes de conserve le reste du temps. Il m'avoua que sa défaite aux élections ne l'avait pas fait renoncer à l'idée d'entrer au Parlement. Au contraire, il y comptait davantage. Il me parla d'un grand projet.

– Je veux vous voir ministre, lui dis-je.

Benedito ne s'attendait pas à cette confidence : son visage en fut illuminé ; mais il se reprit aussitôt.

– Je n'en demande pas tant, répondit-il. Quand bien même je serais ministre, croyez bien que ce serait à l'Industrie, et à rien d'autre. Les partis sont dépassés, il nous faut compter sur les forces vives du pays, sur ses immenses ressources. Vous rappelez-vous ce que *nous disions* dans la diligence de Vassouras ? Le Brésil marche à quatre pattes ; il ne se tiendra debout qu'avec des voies ferrées.

– Vous avez raison, concédai-je, quelque peu étonné. Et que croyez-vous que je suis venu faire en Europe ? Justement m'occuper d'un chemin de fer. J'ai réglé cette affaire à Londres.

– Ah oui ?

– Parfaitement.

Je lui montrai les papiers ; il les regarda, émerveillé. Comme j'avais pour l'occasion recueilli quelques documents, des données statistiques, des livrets de présentations, des rapports, des copies de contrats, le tout concernant des affaires industrielles, et que je les lui montrais, Benedito déclara qu'il allait lui aussi réunir des informations de ce genre. Et dès lors, en effet, je le vis courir les ministères, les banques, les associations, sollicitant des notes et des opuscules qu'il empilait dans ses malles ; mais l'ardeur qu'il y mit, si elle fut intense, fut de courte durée ; c'était une ardeur d'emprunt. Benedito recueillit avec un plus grand plaisir encore les sentences politiques, les formules parlementaires. Il en savait de mémoire un vaste arsenal. Dans nos conversations il me les répétait souvent, en guise d'exercice ; il les trouvait fort prestigieuses et d'une valeur inestimable. La plupart étaient d'origine anglaise et il les préférait aux autres, comme si elles portaient en elles un peu de la Chambre des Communes. Il leur trouvait tant de saveur que j'ignore s'il aurait jamais accepté la liberté réelle sans cet attirail verbal ; je crois que non. Je crois même que, s'il avait dû choisir, il aurait opté pour ces formules brèves, si commodes, si belles pour certaines, pour d'autres si sonores, et toutes ayant valeur d'axiomes, qui ne forcent pas la réflexion, qui comblent les vides, et qui nous laissent en paix avec Dieu et avec les hommes.

Nous revînmes ensemble ; mais je m'attardai à Pernambouc, d'où je retournai à Londres, pour rentrer finalement à Rio, un an après. Benedito était alors député. Je lui rendis visite ; je le trouvai en train de préparer son discours inaugural. Il me montra des notes, des extraits de rapports, des livres d'économie politique, certains dotés de marque-pages, de signets intitulés comme suit : *Change, Taxe foncière, Question des céréales en Angleterre, Opinion de Stuart Mill, Erreur de Thiers concernant les chemins de fer, etc.* Il était sincère, minutieux et plein de chaleur. Il me parlait de ces choses comme s'il venait de les découvrir, et me les exposait toutes, *ab ovo* ; il avait à cœur de montrer aux esprits pratiques de la Chambre qu'il était lui aussi un esprit pratique. Puis il s'informa de mon entreprise ; je lui dis ce qu'il en était.

– D'ici deux ans je compte inaugurer le premier tronçon de voie ferrée.

– Et les capitalistes anglais ?

– Eh bien ?

– Sont-ils contents, ont-ils bon espoir ?

– Très, vous ne pouvez l'imaginer.

Je lui exposai certaines particularités techniques, qu'il écouta d'un air distrait, ou parce que mes propos étaient compliqués à l'extrême, ou pour un autre motif. Lorsque j'eus fini, il me dit qu'il était heureux de me voir engagé dans le mouvement industriel ; c'était là notre besoin, et à ce sujet il me fit la faveur de me lire l'exorde du discours qu'il devait prononcer d'ici quelques jours.

– Ce n'est qu'un brouillon, m'expliqua-t-il ; mais les idées capitales sont là. Et il commença : « Parmi l'agitation croissante des esprits, parmi les cris d'alarme partisans qui couvrent les voix des intérêts légitimes, permettez qu'un homme fasse entendre une supplique de la nation. Messieurs, il est temps de se consacrer, exclusivement – je dis bien : exclusivement, notez-le –, aux progrès matériels du pays. Je sais bien ce que l'on pourra répliquer ; vous me direz qu'une nation ne se compose pas seulement d'un estomac pour digérer, mais aussi d'une tête pour penser et d'un cœur pour sentir. Je vous réponds que tout cela ne lui vaudra rien ou presque, si elle n'a pas de jambes pour marcher ; et je répéterai ici ce que *je disais* à un ami, il y a de cela quelques années, au cours d'un voyage dans l'intérieur du pays : le Brésil est un enfant qui marche à quatre pattes ; il ne se tiendra sur ses jambes que lorsqu'il sera quadrillé de voies ferrées... »

Je ne pus en entendre davantage et demeurai pensif. Plus que pensif, je demeurai stupéfait, effaré devant l'abîme que la psychologie avait ouvert à mes pieds. Cet homme est sincère, pensai-je par-devers moi, il est persuadé de ce qu'il a écrit. Et je m'enfonçai toujours plus profondément dans l'abîme, cherchant l'explication des avatars qu'avait subis cette réminiscence de la diligence de Vassouras. Je découvris (pardonnez-moi s'il y a là quelque infatuation), je découvris en tout cela un autre effet de la loi de l'évolution, telle que l'a définie Spencer – Spencer ou Benedito, l'un des deux.

Seul !

Je me suis éloigné en fuyant
et j'ai vécu dans la solitude
Ps 54, 8 [1]

Bonifácio, après avoir fermé le portail, mit la clé dans sa poche, traversa le jardin et entra dans la maison. Il était seul, enfin seul. L'avant de la maison donnait sur une rue peu fréquentée et presque inhabitée. D'un côté de la villa passait une autre rue. C'était, je crois, du côté d'Andaraí.

Un grand écrivain, Edgar Poe, relate dans l'un de ses admirables contes la course nocturne d'un inconnu par les rues de Londres, à mesure qu'elles se dépeuplent, dans l'intention évidente de ne jamais rester seul. « Cet homme, conclut-il, est le type et le génie du crime profond ; il est l'homme des foules. » [2] Bonifácio était incapable de commettre un crime, et ne recherchait pas les lieux animés, puisqu'il s'était retiré dans une maison vide. Bien que ses

1. *Alonguei-me fugindo, e morei na soledade.* La traduction de l'Ecole biblique de Jérusalem dit : « Voici, je m'enfuirais au loin, je gîterais au désert. »

2. Extrait de « The man of the crowd » (1840). Nous adaptons la traduction de Baudelaire : « Ce vieux homme, me dis-je, est le type et le génie du crime profond. Il refuse d'être seul. *Il est l'homme des foules.* »

quarante-cinq ans ne rendissent pas invraisemblable l'hypothèse d'une liaison féminine, ce n'était pas l'amour qui le poussait à la réclusion. Celui qui lui avait mis cette idée en tête – sans le vouloir ni le savoir – était un des grands excentriques de ce temps-là, que l'on disait philosophe, un certain Tobias qui vivait du côté du Jardin botanique. Philosophe ou non, c'était un homme au visage sec et allongé, avec un grand nez et des lunettes en écaille. Pauliste de naissance, il avait étudié à Coimbra, au temps du Roi[1], et avait vécu de longues années en Europe, dépensant ce qu'il possédait, jusqu'à ce que, sa fortune étant réduite à quelques restes, il rebroussât chemin. Il s'arrêta à Rio de Janeiro, pensant de là retourner à São Paulo ; mais il finit par s'y installer, et c'est là qu'il mourut. Il avait coutume de disparaître de la ville durant un mois ou deux. Il s'enfermait chez lui, en compagnie de son seul esclave, à qui il donnait l'ordre de ne pas lui adresser la parole. Ce comportement le fit passer pour fou, et c'était là une opinion répandue parmi les jeunes gens ; nombreux cependant étaient ceux qui le trouvaient fort instruit et d'une rare intelligence, qualités rendues inutiles par un scepticisme sans remède. Bonifácio, l'un de ses rares intimes, lui demanda un jour quel plaisir il trouvait dans ces réclusions si longues et si absolues ; Tobias répondit qu'elles étaient ce que le monde avait de mieux à offrir.

– Mais, tout seul ! Et pendant si longtemps, enfermé entre quatre murs, sans personne !

– Sans personne, non.

1. C'est-à-dire avant 1821, date du retour de Jean VI au Portugal, suivi un an plus tard de l'indépendance du Brésil, proclamée par son fils Pierre.

– Allons, un esclave, et qui n'a même pas le droit de vous demander la bénédiction !

– Non, monsieur : j'emporte avec moi un certain nombre d'idées ; et dès que je suis seul, je m'amuse à discuter avec elles. Certaines sont déjà grosses d'autres idées, cinq, dix, vingt, qui voient le jour, et tout ce petit monde se met à jouer, à bondir, à descendre, à monter, à lutter parfois, et certaines se blessent, et quelques-unes meurent ; et quand je reviens à moi, bien des semaines se sont écoulées.

Ce fut peu de temps après cette conversation qu'une maison appartenant à Bonifácio se trouva libre. Lui, qui depuis un moment se trouvait irrité et lassé de sa vie mondaine, résolut d'imiter le vieux Tobias ; il raconta, aussi bien chez lui que Chez Bernardo, ainsi qu'à quelques amis, qu'il allait passer quelques jours à Iguaçu, et il se retira à Andaraí. Puisque la variété s'avérait fastidieuse, il trouverait peut-être quelque saveur en la monotonie. Vivre seul, deux semaines entières, au même endroit, entouré des mêmes objets, sans aller chez les uns, chez les autres, sans passer d'une rue à l'autre, ne serait-ce pas là d'un agrément nouveau et insolite ? En vérité, rares sont ceux qui goûtent la musique monotone ; et pourtant Bonaparte en faisait ses délices ; il en avait tiré une théorie curieuse, à savoir que les impressions qui se répètent sont les seules qui véritablement nous pénètrent. Dans la villa d'Andaraí l'impression était seule et unique.

Nous l'avons vu entrer. Voyons-le à présent parcourir les salons et les alcôves, le jardin, la villa tout entière. Sa première impression quand il se trouva là, tel un Robinson, fut un peu étrange mais agréable. Le restant de l'après-midi il ne fut rien d'autre que propriétaire ; il examina tout, avec patience et méticulosité, les murs, les plafonds, les portes, les vitrages, les arbres, le réservoir, la haie d'épineux. Il constata que les marches qui menaient de la cuisine à la demeure principale étaient fendues, laissant apparaître la brique. La cuisinière était très abîmée. Des deux fenêtres de la cuisine, une seule fermait bien ; l'autre était retenue par un bout de corde. Des trous de souris, du papier peint déchiré, des clous dans les murs, des éraflures de couteau sur les appuis de fenêtre, il découvrit tout cela et se mit à fulminer, pris d'une colère d'emprunt fort efficace en cette occasion.

L'après-midi passa rapidement. Il ne s'aperçut de sa solitude qu'à l'heure des *ave maria*, qui entrèrent dans la maison avec leur air de veuves récentes ; ce fut la première fois de sa vie qu'il sentit la mélancolie de telles visiteuses. Cette heure éloquente et profonde, que nul n'a su mieux chanter que le divin Dante, il ne la connaissait que sous l'aspect des lumières du dîner, des mets appétissants accompagnés du tintement des assiettes, des reflets sur les verres, du murmure des conversations, s'il dînait en compagnie, ou pensant à la compagnie, s'il dînait seul. Pour la première fois il sentit le prestige de cette heure, et l'on ne peut douter qu'il se rembrunit. Il courut allumer les lumières et songea à dîner.

Il ne dîna pas trop mal, mis à part la soupe, qui faisait défaut ; il prit du café qu'il avait préparé lui-même avec la machine apportée à cet effet et s'occupa comme il put le reste de la soirée. A huit heures, comme il allait remonter sa montre, il résolut de la laisser s'arrêter, afin que sa solitude fût encore plus complète ; il lut quelques pages d'un roman, il bâilla, fuma et s'endormit.

Au matin, après une visite au réservoir et une fois pris son café, il songea à lire les journaux et s'aperçut alors seulement qu'il avait volontairement renoncé à les faire venir. L'habitude de les lire avant le déjeuner était si ancrée en lui qu'il ne put trouver de compensation en rien d'autre.

– Quel benêt ! s'exclama-t-il. Quel mal y avait-il à me les faire envoyer ?

Pour tuer le temps, il se mit à ouvrir et à inspecter les tiroirs du secrétaire, un vieux secrétaire dont il ne s'était pas servi depuis longtemps, et qui dans l'autre maison trônait dans un coin de son cabinet. Il y trouva des billets écrits par des amis, des mots, des fleurs, des cartes à jouer, des morceaux de ficelle, de cire à cacheter, des plumes, des comptes anciens, etc. Il relut les billets et les mots. Certains d'entre eux évoquaient des personnes éloignées ou disparues : *Rappeler au coiffeur qu'il doit aller chez dona Amélia – Acheter un petit cheval de bois pour le fils de Vasconcelos – Saluer le ministre de la Marine – Penser à recopier les charades que dona Antônia m'a demandées – Voir le numéro du magasin de bretelles – Demander au secrétaire de la Chambre un laissez-passer aux tribunes pour le jour de l'interpellation.* Et ainsi de suite, certains si concis que lui-même ne les comprenait plus, comme ceux-ci, par exemple : *Soares, cadeaux, à cheval – Or et pied de table.*

Au fond du tiroir il découvrit un coffret en écaille, et dedans une fine mèche de cheveux, avec ce mot : *Coupés hier, 5 novembre, au matin.* Bonifácio frémit...

– Carlota ! s'écria-t-il.

On comprendra son émotion. Les autres mots étaient des fragments de vie sociale. Célibataire et sans parents, Bonifácio avait fait de la société une famille. Il comptait de nombreuses relations, intimes pour beaucoup. Il se nourrissait de sociabilité, il était l'élément obligé de toutes les fêtes, le partenaire infaillible, le confident discret et le cordial serviteur, principalement de ces dames. Se confiait-on à lui, débonnaire et sans opinion, qu'il adoptait les sentiments des uns et des autres, s'efforçant sincèrement de les faire coïncider, de relever les édifices que le temps ou les orages de l'existence avaient malmenés. Or une de ces confidences l'avait mené à cet amour qu'évoquait la fine mèche de cheveux, coupés hier, 5 novembre ; et cet amour fut la grande date mémorable de sa vie.

– Carlota ! s'écria-t-il encore.

Alangui sur sa chaise, il contemplait la mèche comme s'il s'agissait de la personne elle-même ; il relut le billet puis ferma les yeux pour mieux se souvenir. On peut dire qu'il se sentit un peu triste, mais d'une tristesse que la fatuité teintait par endroits de couleurs gaies. Il revécut cet amour et l'équipage – son équipage à elle –, ses superbes épaules et ses bijoux magnifiques, les doigts, les bagues, la tendresse de l'aimée et l'admiration des gens...

– Carlota !

Le déjeuner ne changea rien à son humeur morose. Et pourtant, un déjeuner était ce qu'on pouvait désirer de mieux en de telles circonstances, surtout si l'on compte l'excellent bourgogne qui l'accompagna, cadeau d'un diplomate ; mais rien n'y fit.

Phénomène intéressant : le déjeuner fini, alors qu'il allumait un cigare, Bonifácio pensa à la bonne fortune qui la ferait apparaître en cet instant, malgré les quarante-quatre années que cette dame devait compter. Qui sait ; elle habitait du côté de Tijuca. Dès lors que cette possibilité lui apparut, Bonifácio ouvrit toutes les fenêtres du devant et s'en fut à travers le jardin jusqu'à la clôture qui longeait l'autre rue. Il avait cette sorte d'imagination que l'espoir suscite en tout homme ; il se figura mentalement le passage de Carlota, son entrée, la stupéfaction et la reconnaissance. Il imagina même entendre sa voix ; mais cela n'avait cessé de lui arriver depuis ce matin, d'autres voix lui étaient parvenues. De temps à autre des bouts de phrases venaient frapper ses oreilles :

– Mais, Monsieur Bonifácio...

– Jouez, je ramasse le tout...

– Avez-vous dîné avec le conseiller ?

Des échos de la mémoire. La voix de celle à qui appartenaient ces cheveux était un écho également. La différence est que ce dernier lui parut plus proche, et il crut qu'il allait réellement la revoir en personne. Il en vint même à penser que ce fait extraordinaire qu'était sa réclusion était lié à une rencontre avec cette dame, voire la seule explication possible. Comment ? Un secret de la destinée. A travers la clôture, il épia discrètement la rue, comme pour mieux se leurrer, mais il ne vit et n'entendit rien d'autre que cinq ou six chiens qui se couraient après, dans un concert d'aboiements. Il commença à pleuvoir ; la pluie se mettant à tomber drue, il courut se réfugier dans la maison. Lorsqu'il entra, il entendit distinctement :

– Mon chéri !

Il frémit... Mais ce n'était qu'illusion. Il s'approcha de la fenêtre pour regarder la pluie, et il se souvint que l'un de ses plaisirs favoris, en de telles occasions, était de se tenir à la porte de Chez Bernardo ou Farani, et de regarder les gens aller et venir, dans un ballet de parapluies... L'impression de silence, principalement, l'affligeait davantage que la solitude. Il entendait des pépiements d'oiseaux, des cigales, parfois, au loin, le roulement d'un coche, quelques voix humaines, des disputes, des chansons, un éclat de rire, mais tout cela comme étouffé, vague, lointain, destiné semblait-il à rendre le silence plus pesant. Il voulut lire et n'y parvint pas ; il s'en fut relire les lettres et vérifier les vieux comptes. Il se sentait impatient, irrité, nerveux. La pluie, si elle n'était pas intense, promettait de durer des heures, voire des jours entiers. D'autres aboiements par là-bas, et cette fois lui revinrent en mémoire des paroles du vieux Tobias. Il se trouvait chez celui-ci, et tous deux regardaient par la fenêtre quand ils virent passer dans la rue un chien, poursuivi par deux autres qui aboyaient ; mais d'autres chiens, sortis des boutiques ou des recoins, se mettaient à aboyer à leur tour, et tous de courir en se joignant à la poursuite. Parmi eux courait le propre chien de Tobias, que son maître supposait être un descendant de quelque chien féodal, compagnon des antiques châtelaines. Bonifácio se mit à rire et lui demanda comment un animal si noble pouvait se mêler au tumulte de la rue.

– Vous dites cela, répondit Tobias, car vous ne connaissez pas la maxime sociale des chiens. Vous avez vu qu'aucun d'eux n'a demandé aux autres le pourquoi de cette poursuite ; ils s'y sont jetés en chœur, guidés par cette maxime qui est pour eux universelle : qui mord ou qui poursuit a toujours raison – valable pour les motifs de la poursuite ou tout au moins justifiée par les mollets du poursuivi. L'avez-vous remarqué ? Observez et vous verrez.

Il ne se rappelait pas la suite, et d'ailleurs cette idée de Tobias lui parut inintelligible, à tout le moins obscure. Les chiens avaient cessé d'aboyer. Seule la pluie continuait. Bonifácio se mit à faire les cent pas, il arpenta la maison, il commençait à se trouver ridicule. Quelle heure était-il donc ? Il ne pouvait se référer à la position du soleil. Il savait qu'aujourd'hui était un lundi, jour où il dînait d'habitude avec un négociant en café, rue dos Beneditinos. Il pensa à cela ; il pensa à la réunion du conseiller*** qu'il avait connu à Petrópolis ; il pensa à Petrópolis, il pensa au whist ; le whist lui réussissait mieux que l'écarté, et aujourd'hui encore il se rappelait tout ce qui avait entouré certaine main, où – excusez du peu – il avait aligné quatre atouts, roi, manille, trèfle, reine... Et il reconstituait l'ensemble, ses cartes, celles de chacun des partenaires, l'ordre et la composition des jeux...

C'est ainsi que les souvenirs du dehors, les choses, les gens, venaient en foule s'agiter autour de lui, et parlaient, riaient, lui tenant compagnie. Bonifácio recomposait toute sa vie extérieure, les personnages, les incidents, les liaisons de l'un, les affaires de l'autre, les distractions, les brouilles, une conversation, une intrigue, une rumeur. Il s'en lassa et s'efforça de lire ; au début, son esprit s'élançait hors de la page, à la poursuite d'une quelconque nouvelle, un projet de mariage ; puis il sombra dans une somnolence obstinée. Il s'éveillait, lisait cinq ou six lignes, puis dormait. Finalement, il se leva, abandonna le livre et s'approcha de la fenêtre pour voir la pluie, toujours la même, qui ne s'arrêtait ni n'augmentait, ni ne diminuait, toujours le même rideau de pluie tombant d'un ciel où de gros nuages s'amoncelaient pour l'éternité.

Il dîna mal et, pour se consoler, il but quantité de bourgogne. Le soir, après un deuxième cigare, il se souvint des cartes, s'en fut les chercher, les battit et se mit à jouer une réussite. C'était un recours : il put ainsi échapper aux souvenirs qui l'affligeaient s'ils étaient sombres, ou qui le poussaient à sortir s'ils étaient agréables. Il s'endormit au son de la pluie et fit un cauchemar. Il rêva qu'il montait jusqu'à Dieu et qu'il entendait sa résolution de faire pleuvoir pour tous les siècles à venir.

– Combien en reste-t-il ?

– L'esprit de l'homme est inférieur aux mathématiques divines, répondit le Seigneur ; mais je peux t'en donner une vague idée, quoique lointaine : multiplie les étoiles du ciel par les grains de sable de la mer, et tu auras une fraction des siècles...

– Où s'en ira toute cette eau, Seigneur ?

– Il ne pleuvra pas que de l'eau, mais aussi du bourgogne et des cheveux de jolies femmes...

Bonifácio le remercia de cette faveur. Regardant en l'air, il vit qu'en effet il pleuvait non seulement de l'eau, mais quantité de cheveux et de vin qui s'accumulaient au fond d'un abîme. Il se pencha et aperçut tout en bas, luttant contre l'eau et les typhons, la délicieuse Carlota ; et comme il allait descendre pour la sauver, il leva les yeux et regarda le Seigneur. Mais à sa place il ne vit que Tobias, qui l'observait par-dessus ses lunettes, avec un fin sourire sardonique et les mains dans les poches. Bonifácio poussa un cri et s'éveilla.

Le matin, en se levant, il vit qu'il continuait de pleuvoir. Pas de journal : cela faisait un siècle, lui semblait-il, qu'il était éloigné de la ville. Un de ses amis serait-il mort, un gouvernement serait-il tombé, qu'il n'en aurait rien su. Le déjeuner fut pire que le dîner de la veille. La pluie continuait, elle bruissait dans les arbres, et rien de plus. Aucun vent. La moindre brise, en agitant les feuilles, aurait rompu tant soit peu l'uniformité de la pluie ; mais partout régnait le calme et le silence, seule la pluie tombait sans interruption ni changement, de sorte qu'après un temps, elle-même finissait par donner une sensation d'immobilité, voire de silence.

Les heures se faisaient toujours plus interminables. Il n'y avait même plus d'heure ; le temps avançait sans cette ponctuation que lui donne l'horloge, comme un livre sans chapitres. Bonifácio lutta encore, en fumant et en jouant : il songea même à écrire quelques lettres, mais il n'en termina qu'une seule. Il ne pouvait pas lire ni se tenir tranquille, il allait d'un côté puis de l'autre, ensommeillé, fatigué, ruminant un air d'opéra : *Di quella pira...* Ou encore : *In mia mano alfin tu sei...*[1] Il projetait de faire d'autres travaux dans la maison, il s'agitait et ne maîtrisait rien. La solitude, comme les parois d'une mystérieuse prison, l'enserrait toujours plus étroitement et ne tarderait pas à l'étouffer. L'amour-propre avait cessé de le retenir ; il y avait désormais en lui deux hommes, dont l'un démontrait à l'autre qu'il commettait une bêtise.

Il était trois heures de l'après-midi quand il décida de quitter son refuge. Quelle joie, quand il parvint rue de l'Ouvidor ! Il avait l'air si bizarre que certains se méfièrent ; lui, toutefois, ne révéla rien à personne et raconta être allé à Iguaçu, en s'expliquant comme il put.

Le lendemain il s'en fut chez Tobias, mais celui-ci se trouvant justement en période de réclusion, il ne put lui parler. Ce n'est que deux semaines plus tard, alors qu'il embarquait dans la barge de Niterói[2], qu'il vit se dresser devant lui la haute stature de l'excentrique, et qu'il le reconnut à son ample pardessus couleur tabac. Au cours du trajet, il l'aborda :

– Vous m'avez joué un bon tour...

– Moi ? demanda Tobias, en s'asseyant près de lui.

– Involontairement, c'est vrai, mais j'ai été joué tout de même.

Il lui raconta tout ; il avoua que, s'étant senti las de ses

1. Extraits respectivement du *Trouvère* de Verdi et de *Norma* de Bellini.

2. Niterói, ville jumelle de Rio, se situe de l'autre côté de la baie de Guanabara. Un pont les relie aujourd'hui.

amis, il avait eu l'idée de se retirer pour quelques jours, mais qu'il n'était pas allé au-delà de deux, et même ainsi, non sans difficulté. Tobias l'écouta en silence, avec une grande attention, puis l'interrogea minutieusement, s'enquit de toutes ses sensations, même les plus intimes, et l'autre ne lui en dissimula aucune, pas même celles que lui avaient procurées les cheveux trouvés dans le tiroir. Enfin, en le regardant par-dessus ses lunettes, comme dans son cauchemar, Tobias lui dit, avec un sourire qui semblait emprunté au diable :

– Voulez-vous que je vous dise ? Vous avez oublié le plus important dans votre équipage, et ce sont justement les idées...

Bonifácio trouva la chose piquante, et se mit à rire. Tobias, riant également, lui donna une chiquenaude sur le front. Puis il lui demanda les nouvelles et l'autre lui en donna de toutes sortes, des grandes et des petites, des faits et des cancans, de la pluie et du beau temps, que Tobias écouta, les yeux mi-clos, en pensant à autre chose.

Des idées de canari

Un dénommé Macedo, qui s'adonnait à l'étude de l'ornithologie, rapporta devant quelques amis un cas si extraordinaire que personne ne lui accorda crédit. Certains en vinrent même à supposer que Macedo avait perdu la tête. Voici en résumé ce qu'il raconta.

Au début du mois dernier, dit-il, alors que je marchais dans la rue, surgit un tilbury lancé à toute allure qui manqua me renverser. Je ne pus l'éviter qu'en m'engouffrant dans la boutique d'un brocanteur. Ni le fracas du cheval et du véhicule, ni mon irruption ne firent lever la tête à l'homme qui somnolait au fond de la boutique, assis sur une chaise pliante. Il avait triste figure, la barbe d'un blond sale, la tête enfilée dans un bonnet élimé qui probablement n'avait pas trouvé d'acheteur. On ne lui devinait aucune histoire, comme pouvaient en avoir certains des objets qu'il vendait, il n'émanait pas cette tristesse austère et désenchantée des vies qui furent vraiment des vies.

L'obscurité régnait dans la boutique où s'accumulaient, dans un désordre relatif, les vieux objets tordus, brisés, froissés, rouillés que l'on trouve d'ordinaire dans ce genre de négoce. Des casseroles sans couvercle, des couvercles sans casserole, des boutons, des serrures, une jupe noire, des chapeaux de paille et de feutre, des cadres de fenêtre, des jumelles, des demi-jaquettes, un fleuret, un chien empaillé, une paire de pantoufles, des gants, des récipients indéfinissables, des épaulettes, une bourse en velours, deux porte-manteaux, un lance-pierre, un thermomètre, des chaises, un portrait lithographié signé de feu Sisson [1], un tric-trac, deux masques en fer-blanc pour le prochain carnaval, tout cela et bien d'autres choses encore, j'en passe et j'en oublie, encombrait les alentours de la porte, posé, suspendu ou exposé dans des vitrines aussi vieilles que le reste. Plus au fond s'en trouvait tout autant sinon plus, d'aspect similaire, avec une prédominance d'objets encombrants, des commodes, des sièges, des lits, pêle-mêle, qui se fondaient dans l'obscurité.

J'allais sortir quand j'aperçus une cage suspendue à la porte. Tout aussi vieille que le reste, partageant cette apparence de désolation générale, il ne lui manquait que d'être vide. Elle n'était pas vide. A l'intérieur sautillait un canari. La couleur, la vivacité et la grâce du petit oiseau donnaient à cet amas de débris une touche de vie et de jeunesse. Il était l'ultime rescapé de quelque naufrage, qui s'était retrouvé là sain et sauf, et joyeux comme avant. A peine avais-je posé les yeux sur lui qu'il se mit à voleter davantage, vers le haut, vers le bas, de perchoir en perchoir, comme s'il voulait démontrer qu'au milieu de ce cimetière s'égaillait un rayon de soleil. J'attribue cette image au canari car vous qui m'écoutez avez l'esprit rhétorique ; en vérité, ni cimetière ni rayon de soleil ne lui passèrent par la tête, comme il me l'avoua plus tard. Quant à moi, malgré le plaisir que me procura cette vision, je me sentis également indigné devant le destin de

1. Sébastien Auguste Sisson fut l'auteur, en 1859, d'une fameuse série de lithographies intitulée *Galerie de Brésiliens illustres*.

cet oiseau et me pris à murmurer tout bas des paroles d'amertume.

– Quel est donc le maître exécrable qui a osé se défaire d'un petit animal pour quelques misérables piécettes ? Ou quelle main chargée d'indifférence n'a pas voulu garder le compagnon d'un maître défunt, et l'a donné à quelque enfant qui l'aura vendu pour s'en aller miser ?

Et le canari, se dressant sur son perchoir, s'écria en une trille :

– Qui que tu sois, tu as certainement l'esprit dérangé. Je n'ai eu aucun maître exécrable, pas plus que je n'ai été donné à un enfant qui m'aurait vendu. Voilà bien une imagination d'homme malade ; va te faire soigner, mon ami...

– Comment ? l'interrompis-je sans même prendre le temps d'être stupéfait. Ton maître ne t'a donc pas vendu à cette boutique ? Ce n'est donc pas la misère ni l'oisiveté qui t'ont conduit, tel un rayon de soleil, dans ce cimetière ?

– Je ne sais ce qu'est un soleil ou un cimetière. Si les canaris que tu as rencontrés utilisent le premier de ces noms, tant mieux, car il est joli ; mais je crois bien que tu confonds.

– Pardon, mais tu n'es pas arrivé ici par hasard, sans personne pour t'y mener, à moins que ton maître ne soit depuis toujours cet homme qui est assis là-bas.

– Lui, mon maître ? Cet homme est mon serviteur, il me donne à boire et à manger tous les jours, avec une telle régularité qui si je devais le payer de ses services, il s'en faudrait de beaucoup ; mais les canaris ne payent pas leurs serviteurs. En vérité, si le monde est la propriété des canaris, il serait extravagant qu'ils payent ce que contient le monde.

Ebahi par ces réponses, je ne savais ce qui, du langage ou des idées, était le plus propre à étonner. Le langage, s'il semblait bien, à l'oreille, celui d'un humain, était émis par l'oiseau en trilles amusantes. Je regardai à mon entour, pour vérifier que j'étais bien éveillé ; la rue était la même rue, la boutique était la même boutique obscure, triste et humide. Le canari, voletant d'un côté et de l'autre, attendait que je lui parle. Je lui demandai alors s'il n'avait pas la nostalgie de l'espace infini et bleu...

– Mais, brave homme, gazouilla le canari, que signifie espace infini et bleu ?

– Pardonne-moi, mais que sais-tu du monde ? Qu'est-ce que le monde ?

– Le monde, rétorqua le canari avec un certain air de professeur, le monde est une boutique de brocanteur, avec une petite cage en bambou, rectangulaire, suspendue à un clou ; le canari est le maître de la cage qu'il habite et de la boutique qui l'entoure. Hormis cela, tout le reste n'est qu'illusion et mensonge.

Sur ce, le vieil homme s'éveilla et s'approcha de moi en traînant les pieds. Il me demanda si je voulais acheter le canari. Je voulus savoir s'il se l'était procuré comme tous ces objets qu'il vendait et j'appris qu'en effet, il l'avait acheté à un barbier, accompagné d'un lot de rasoirs.

– Les rasoirs sont en très bon état, conclut-il.

– Je ne veux que le canari.

Je payai le prix demandé, fis acheter une grande cage circulaire, faite de bois et de barreaux métalliques, peinte en blanc, et résolus de la faire installer sur la véranda de ma maison, d'où l'oiseau pouvait contempler le jardin, la fontaine et un pan de ciel bleu.

Mon intention était d'étudier longuement le phénomène, sans en rien dire à personne, jusqu'à pouvoir présenter à mes contemporains stupéfaits cette extraordinaire découverte. Je commençai par relever la syntaxe de la langue canarie, afin d'en étudier la structure, ses relations avec la musique, les sentiments esthétiques de l'animal, ses idées et ses réminiscences. Une fois achevée l'analyse philologique et psychologique, j'abordai l'histoire des canaris proprement dite : leur origine, les premiers siècles, la géologie et la flore des Iles Canaries, avaient-ils des notions de navigation, *et cætera*. Nous passions de longues heures à converser, moi prenant des notes, lui attendant, sautillant, gazouillant.

N'ayant pour toute famille que deux domestiques, je leur avais ordonné de ne pas m'interrompre, pas même pour une lettre ou un télégramme urgent, ni pour une visite importante. Comme tous deux connaissaient mes occupations scientifiques, ils ne virent en cet ordre rien que de naturel et ne soupçonnèrent jamais que le canari et moi nous nous comprenions.

Inutile de dire que je dormais peu : je m'éveillais deux ou trois fois par nuit, je déambulais à travers la maison, je me sentais fébrile. Finalement je me remettais au travail, pour relire, faire des ajouts, remanier. Je rectifiai plus d'une observation, ou pour l'avoir mal comprise, ou parce que le canari ne l'avait pas exprimée clairement. La définition du monde fut l'une d'entre elles. Trois semaines après son arrivée dans la maison, je demandai au canari de répéter ce qu'il en pensait.

– Le monde, répondit-il, est un très grand jardin avec une fontaine au milieu, des fleurs et des arbustes, des pelouses, de la lumière et un peu de bleu par-dessus. Le canari, maître du monde, habite une vaste cage blanche et circulaire, d'où il observe le reste. Hormis cela, tout n'est qu'illusion et mensonge.

Le langage souffrit également quelques modifications, et certaines conclusions, qui semblaient évidentes à l'origine, m'apparurent comme téméraires. Je ne pouvais encore me lancer dans l'écriture du mémoire que j'enverrais au Musée national, à l'Institut historique et aux universités allemandes, non faute de matière, mais parce qu'il me fallait réunir toutes les observations et les valider. Les derniers jours, je ne sortais plus de chez moi, je ne répondais plus au courrier, je ne voulais plus entendre parler d'amis ni de parents. Tout mon être n'était que canari. Le matin, un domestique venait spécialement nettoyer la cage et y poser de l'eau et de la nourriture. Le petit oiseau ne lui disait rien, comme s'il savait que cet homme n'avait aucune formation scientifique. Du reste, le service était on ne peut plus sommaire ; le domestique n'était pas un amateur d'oiseaux.

Un samedi, au réveil, je me sentis souffrant, avec des maux de tête et de dos. Le médecin ordonna un repos absolu ; c'était l'excès de travail, je ne devais ni lire ni penser, ni même tâcher d'apprendre ce qui se passait en ville ou dans le monde. Je demeurai ainsi durant cinq jours. Le sixième, je me levai, et c'est alors seulement que j'appris que le canari, tandis qu'on nettoyait sa cage, s'était envolé. Mon premier geste fut d'étrangler le domestique ; je fus suffoqué par l'indignation, je m'effondrai sur une chaise, sans voix, pris de vertige. Le coupable protesta, se défendit d'avoir été négligent, c'était par ruse que l'oiseau s'était enfui...

– Mais n'êtes-vous pas partis à sa recherche ?

– Nous l'avons cherché, oui, monsieur ; au début il est monté sur le toit, je suis monté aussi, il a fui, il est allé dans un arbre, et puis il s'est caché je ne sais où. Depuis hier je demande après lui, chez les voisins, dans les villas, personne ne sait rien.

Je souffris beaucoup ; fort heureusement, ma fatigue était passée, et après quelques heures je pus sortir sur la véranda et au jardin. Pas l'ombre d'un canari. J'enquêtai, j'allai de tous côtés, je passai une annonce, et rien. J'avais déjà réuni les notes pour rédiger, bien que de manière partielle et lacunaire, mon mémoire, lorsqu'il m'arriva de rendre visite à un ami qui occupe une des plus vastes et des plus belles villas des faubourgs. Nous nous y promenions avant l'heure du dîner, quand j'entendis, en une trille, cette question :

– Hourra, monsieur Macedo ! Vous aviez disparu, où étiez-vous donc passé ?

C'était le canari ; il était posé sur une branche. Vous imaginez mes sentiments, et ce que je lui dis. Mon ami me crut fou ; mais en quoi m'importait ce que pouvaient croire mes amis ? Je parlai au canari avec tendresse, je lui demandai de venir poursuivre la conversation dans notre monde à nous, composé d'un jardin et d'une fontaine, d'une véranda et d'une cage blanche, circulaire...

– Quel jardin, quelle fontaine ?

– Le monde, mon cher !

– Quel monde ? Tu ne perds pas tes mauvaises habitudes de professeur. Le monde, conclut-il solennellement, est un espace infini et bleu, avec le soleil par-dessus.

Indigné, je lui rétorquai qu'à l'en croire, le monde avait été à peu près tout : il avait même été naguère une boutique de brocanteur...

– De brocanteur ? dit-il en une trille, riant à gorge déployée. Parce que cela existe, des boutiques de brocanteur ?

15 juillet 1883

Elle est née, l'épopée bourgeoise ! N'allez pas confondre avec la tragédie bourgeoise, celle-là est connue depuis longtemps. Je me réfère à l'épopée, bien plus difficile car l'héroïsme dans la vie bonhomme de ce siècle ne se rencontre pas tous les jours. Mais on l'a rencontré : je le tiens entre mes mains, il se trouve dans ces quelques lignes que les journaux viennent de publier et de divulguer :

EXORDE

« Hier, M. José Mendes de Abranches a effectué chez moi un achat d'une valeur de soixante mille-réaux. Mais à la suite d'une erreur de calcul, je n'en ai réclamé que cinquante mille-réaux, raison pour laquelle ledit M. Abranches, s'apercevant de mon préjudice, revint quelques heures plus tard me régler les dix mille-réaux que je n'avais pas encaissés. Un acte d'une telle probité mérite de ne pas sombrer dans l'oubli, c'est pourquoi je le rends public. Le propriétaire de la Chemiserie Spéciale, Maison Sriber, 51 rue dos Ourives, porte principale, à la Cour. »

Considérez bien le sentiment poétique et l'insinuation de M. Sriber : *Un acte d'une telle probité mérite de ne pas sombrer dans l'oubli.* Dire cela et convoquer les Homère du quartier revient au même ; j'accours, donc, avec cette ébauche de poésie que je mettrai en vers si elle me vaut les encouragements de la critique.

CHANT I

Muse, laisse-moi chanter la probité d'Abranches, scrupuleux dans les comptes, exact dans les paiements. Que les trompettes du siècle répandent pour les siècles à venir ce geste extraordinaire.

Déjà l'Aurore aux doigts de rose ouvrait le chemin au soleil, quand Abranches s'éveilla et se dressa sur sa couche. Il pose les pieds à terre, chausse des sandales d'intérieur, prend une serviette en lin et passe sous la douche. Debout, au centre de la grande cuvette d'étain, Abranches libère l'onde qu'une manette retient ; elle jaillit en un flot cristallin et dissimule les belles formes du héros. Une fois l'eau épuisée, il se drape tout entier dans la serviette en lin, blanche comme les premières lueurs de l'aube, il s'essuie minutieusement, et songe à s'habiller.

Alors, Mercure, le patron du commerce, prend la forme du majordome, et après une profonde révérence, profère ces paroles : « Abranches, tu manques de chemises ! » Le héros frémit, se regarde et reconnaît la fatale vérité : oui, il manque de chemises. Comme la flèche qui de l'arc tendu s'élance, fend l'espace, traverse les nuées, ainsi Abranches achève-t-il de s'habiller ; il met de l'argent dans sa poche – un billet de cent mille-réaux – puis, véloce, il court à la Chemiserie spéciale.

Chant II

La Chemiserie spéciale est l'endroit de l'univers où la monnaie, quand il y en a de trop, n'est pas restituée au maître des locaux. Le Chemisier met un soin particulier à compter l'argent ; il compte, recompte, additionne, soustrait, multiplie, divise, se crachemouille le bout des doigts pour n'en rien perdre ; c'est sa méthode. Si quelque billet vient en trop – fût-ce un pauvre petit billet de cinq sous – nul ne le rendra, il s'en va tapisser la porte de l'enfer dantesque.

D'où le regard de travers que le Chemisier jette à Abranches, lorsque celui-ci, en entrant, s'exclame : « O toi que le destin a désigné pour vendre aux hommes des tenues impérieuses, réponds à ma supplique ; il me faut des chemises ; fais m'en voir une douzaine. » A peine eut-il entendu ces paroles que le Chemisier prit l'échelle, grimpa aux étagères, en tira une boîte longue et verte ; douze chemises numéro 40 y reposent, bien pliées. Il la descend et la pose sur le comptoir. D'une main alerte, il défait la ficelle, lève le couvercle, ôte le fin papier qui protège les chemises et voici qu'une d'entre elles paraît aux yeux d'Abranches. Le reflet de la neige parcourt le lin précieux ; tels les astres du matin, trois boutons de nacre en ornent le plastron ; le tissu ample et reluisant trahit l'assiduité des fers et la texture de l'amidon.

Chant III

Mais Abranches ne veut pas que des chemises, il veut aussi des cols et des poignets. Patient comme Pénélope, le Chemisier monte et descend l'échelle, pour servir le héros. Celui-ci se penche, palpe, examine, se renseigne et compare ; enfin le Chemisier lui dit son prix. Abranches, économe, le marchande ; il fait ensuite emballer le tout.

Tandis que le Chemisier se charge de l'emballage, le héros, ponctuel comme Hélios, tire de sa poche le réceptacle en cuir, fermé par un ruban de caoutchouc, le délie, l'ouvre, et tend au Chemisier le billet de cent mille-réaux qu'il serre entre deux doigts.

Comme la terre aride, après les brûlures d'un long été, reçoit les premières pluies de l'hiver, et se réjouit, et semble rajeunir, ainsi rayonne le visage du Chemisier quand Abranches lui montre le billet. Une fois qu'il le tient, le Chemisier se dirige vers la caisse pour rendre la monnaie.

Alors, le dieu Calcul appelle une de ses Erreurs, et lui dit : « Va, va chez le Chemisier de la rue dos Ourives et fais en sorte qu'il s'emmêle dans les comptes. » L'Erreur, obéissant aux ordres, descend, entre dans la boutique et embrouille le Chemisier qui, au lieu de rendre au héros trente-deux mille-réaux, lui en tend quarante-deux. Il ne s'aperçoit pas de l'erreur, pas plus qu'Abranches ne recompte la monnaie ; celui-ci prend les chemises, les cols et les poignets, puis salue et s'en va.

CHANT IV

Cependant la Probité, amie d'Abranches, a vu le tort ainsi causé et pense à sauver le héros. « Non, s'écrie-t-elle, il n'en ira pas ainsi ; il nous faut un exemple grandiose, rare, noble, épique ; il faut qu'Abranches restitue les dix mille-réaux. »

Et prenant l'apparence d'une pauvre veuve, elle attend

Abranches dans le couloir de sa maison ; à peine est-il entré qu'elle se jette à ses pieds. « Divin Abranches, je suis une veuve sans recours ; fais-moi l'aumône de ce qui restera du reste qui t'a été rendu. » Le héros sourit ; que peut-il bien rester d'un reste ? Docile, pourtant, il sort le réceptacle, le délie, compte, recompte ; c'est vrai : il y a là dix mille-réaux de trop. Et la déesse de dire : « Plutôt que de me les donner à moi, va-t'en les rendre au Chemisier. » Tout soudain elle disparaît dans les airs. Abranches reconnaît là un prodige ; quelque dieu bienveillant a parlé par cette bouche. La boîte déposée chez lui, il vole, rapide comme un rayon de Phébus, à la Chemiserie spéciale.

Le Chemisier, accoudé au comptoir, songeait à la voie ferrée Madeira-Mamoré [1], quand Abranches surgit devant ses yeux en déclarant qu'il venait lui rendre dix mille-réaux de trop-perçu ; il haussa les épaules, rit, lui donna une tape sur le ventre en lui demandant des nouvelles de sa santé ; mais le héros insista tant qu'il commença à douter ; il vérifie la caisse et constate qu'il lui manque dix mille-réaux. Le précieux billet est reçu comme le fils prodigue ; le Chemisier l'embrasse, il le couvre de larmes. Abranches, ému de sa propre grandeur, quitte la Chemiserie ; bien droit, illuminé par la blancheur d'une conscience immaculée et auguste, il chemine impavide en direction de la gloire éternelle et de la postérité.

LELIO [2]

1. Voie ferrée construite en pleine jungle dans le sud de l'Amazonie, dont l'achèvement prit des décennies et coûta des centaines de vies humaines.

2. L'emploi de pseudonymes était fréquent pour les collaborateurs de revues. Dans le cas de Lelio, on sut rapidement qu'il s'agissait de Machado de Assis.

13 janvier 1885

La police vient d'appréhender la lettre suivante, écrite par un certain Pétroff, socialiste russe qui se trouve parmi nous. Elle est adressée au Centre du socialisme universel, à Genève :

« Rio de Janeiro, le 12 janvier 1885.

Dès mon arrivée dans cette ville, je me suis efforcé d'obéir aux ordres donnés par le Centre, en me chargeant d'y répandre les germes d'une révolution. Il me semblait que le mieux serait de fonder une société secrète mais, à ma grande surprise, j'appris qu'existait déjà un Club des socialistes, et que la tolérance du gouvernement est telle que ses travaux se déroulent au grand jour. Je demandai immédiatement une invitation à assister à la première réunion ; l'ayant obtenue, je m'y rendis.

Le peu de portugais que j'ai appris à Genève, puis à Lisbonne, facilita mon admission au Club. J'y arrivai un peu avant l'heure prévue. La direction, à qui l'on avait annoncé la venue d'un illustre étranger (dans ce pays, ils sont tous plus ou moins illustres), me reçut avec les plus vives démonstrations d'estime et de considération. Je notai dès l'abord la présence de dames, et déclarai que j'appréciais de voir que la femme occupait ici la place qui lui revient, aux côtés de l'homme. Puis je demandai à quelle heure on commencerait.

– Ça ne va pas tarder, me répondait-on toujours.

J'apportais avec moi un discours préparé, véritablement incendiaire ; j'apportais aussi des recettes de bombes explosives que j'avais recopiées, selon les recommandations du Centre.

Vers neuf heures j'entendis des musiciens accorder leurs instruments et (voyez comme les coutumes varient d'un pays à l'autre) soudain on lança un quadrille. Je compris aussitôt que c'était un moyen d'échauffer le sang, jusqu'à le porter au degré d'agitation et de température approprié à notre sainte entreprise. Et cette innovation m'apparut comme utile.

Un membre dirigeant me présenta une dame qui voulut bien m'accepter comme cavalier et je m'en fus danser avec elle. Je vis que c'était une personne à la figure énergique et résolue ; elle devait avoir vingt-huit ou trente ans. Tout en dansant, je lui dis être enthousiasmé par Rio de Janeiro, où je n'imaginais pas trouver ce que j'y découvrais. Elle sourit, flattée, et m'avoua sa grande satisfaction d'entendre de telles paroles.

Notre conversation fut très intéressante, bien qu'une grande partie m'eût échappé du fait qu'elle parlait vite, ce qui est courant chez ceux qui s'expriment en leur propre langue. L'étranger à qui elle n'est pas familière nécessite que l'on articule lentement. Cependant, nous pûmes échanger quelques idées, et je recueillis d'ailleurs bon nombre d'informations que je communiquerai dans mon rapport. L'une d'entre elles est qu'il existe d'autres sociétés analogues à ce Club, qui se destinent aux mêmes fins.

– La principale et la plus brillante, me dit-elle, est le Casino Fluminense[1]. Etes-vous allé au Casino ?

– Non, madame.

– Eh bien, allez-y, cela en vaut la peine.

– Des gens bien, voulez-vous dire ? Les principes, les vrais ?

– Oh, les meilleurs que l'on puisse désirer !

Après le quadrille vint une polka, puis un autre quadrille. Cela me parut un peu trop ; déjà mes veines étaient en feu ; mais il n'y avait d'autre remède que de faire comme les autres. Ces dames dansaient avec une ardeur telle, qu'eût-on à cet instant confié une bombe à l'une d'entre elles, elle serait allé tout de go la jeter où bon cela aurait servi notre juste cause.

Il était onze heures, et toujours pas question de commencer les travaux. Comme je m'impatientais, j'allai demander à nouveau à un membre de la direction quand il était prévu de commencer.

– Ça ne va pas tarder, ce sera à minuit pile. Allons, une valse.

Je demandai à être dispensé de valse et m'en allai fumer un cigare en compagnie d'un sociétaire, qui me demandait des nouvelles de Russie et s'il existait là-bas des clubs de socialistes. Je lui répondis qu'il en existait beaucoup, mais tous clandestins, car le gouvernement ne tolérait pas qu'ils fussent publics ; et quand l'un d'eux était découvert, tous ses membres étaient envoyés en Sibérie. Vous n'imaginez pas l'émoi de mon interlocuteur.

– Ah ! Qu'il est dur de vivre en un tel pays !

1. « Fluminense » désigne ce qui est propre à l'Etat de Rio de Janeiro, par opposition à « carioca », relatif à la ville de Rio.

– Et comment ! répondis-je.

– Je comprends maintenant les attentats qu'on a commis là-bas. Vraiment, envoyer en Sibérie des hommes qui ne font qu'user d'un droit sacré...

Je lui expliquai en détail ce qu'était la Russie, et conclus que de manière générale toute l'Europe n'était qu'un vieil édifice qu'il fallait faire tomber. Sur ce, minuit sonna et nous passâmes dans un salon intérieur, où je vis une table couverte de mets et de boissons, mais aucune tribune pour les orateurs. En quoi je me trompais, comme on va le voir.

Ces messieurs et ces dames s'assirent pour manger. Après quinze ou vingt minutes, le président se leva et déclara saluer, au nom du Club des socialistes, l'illustre étranger qui se trouvait présent : c'était moi. Je me levai et répondis par un discours que je savais de mémoire. Je ne puis vous donner idée des applaudissements que je reçus. Toutes les théories de Bebel, de Cabet, de Proudhon et de notre incomparable Karl Marx furent parfaitement comprises et acclamées. On fit d'autres discours, dont je retins peu de choses, à cause de la langue, mais qui me parurent animés de bons principes. L'assemblée concluait chacun d'eux par ce cri : *Hourra, hourra, Catou !* Je suppose que c'est la version nationale de notre cri révolutionnaire : *Mort aux tyrans !*

L'un des plus enthousiastes était un militaire, que j'allai saluer, lui disant qu'il était bon de voir que l'armée marchait avec nous.

– Le militaire a besoin de délassement, répondit-il en souriant.

C'était une allusion délicate à la suppression des armées permanentes, et je lui serrai la main de manière entendue.

J'enverrai plus de détails par un autre vapeur. Tandis que je clos cette lettre, je reçois le diplôme de membre honoraire du Club. Pays excellent ; tout pétri de nos justes idées. »

LELIO

16 juin 1895
Auteur de ses jours

Il s'appelle Guimarães ; elle, Cristina. Ils avaient un fils, qu'ils nommèrent Abílio. Fatigués de lui donner des mauvais traitements, ils le prirent, le mirent dans une caisse et s'en allèrent le poser dans une écurie, où le petit passa trois jours parmi les poules, sans manger ni boire, couvert de plaies, criblé de coups de bec, jusqu'à ce que mort s'ensuive. Il était âgé de deux ans. L'affaire est survenue à Porto Alegre, selon les derniers journaux, qui ajoutent que les parents ont été conduits en prison et qu'une enquête est ouverte. La douleur de l'enfant fut naturellement très grande, non seulement du fait de son jeune âge, mais aussi parce qu'un bec de poule fait très mal, surtout s'il fouille une plaie vive. Tout cela, ajouté à la faim et à la soif, fit que l'enfant dut passer « un mauvais quart d'heure », comme disent les Français, mais un mauvais quart d'heure qui dura trois jours ; d'où l'on peut inférer que l'organisme du petit Abílio était propre à subir des tourments. Parvenu à l'âge d'homme, il aurait fait un lutteur tenace ; mais la preuve qu'il n'irait pas jusque-là, c'est qu'il est mort.

S'il n'y avait Schopenhauer, je n'aurais pas évoqué cette affaire anodine, bonne pour une feuille de chou. Mais on trouve dans l'œuvre principale de ce philosophe un chapitre destiné à expliquer les causes transcendantales de l'amour. L'auteur, qui n'était pas modeste, affirme que cette étude est une perle. L'explication est que deux amants ne se choisissent pas pour les raisons individuelles qu'ils imaginent, mais parce qu'un être, qui ne peut venir que d'eux-mêmes, les y incite et les unit. Appliquons cette théorie à l'affaire Abílio.

Un jour Guimarães vit Cristina et Cristina vit Guimarães. Ils échangèrent des regards et leur cœur à tous deux battit avec force. Guimarães trouva en Cristina une grâce singulière, quelque chose que nulle autre femme ne possédait. Cristina aima l'aspect de Guimarães, reconnaissant qu'entre tous les hommes il était, lui, unique. Et chacun pensa à part soi : « Voilà le conjoint qu'il me faut. » Ensuite, ce fut une cour plus ou moins longue, la main que l'on demande, les formalités, les noces. S'il faisait beau ou s'il pleuvait lorsqu'ils se marièrent, je ne sais ; mais je suppose qu'un ciel obscur et un vent glacé[1] ne les eussent pas plus affectés que la brise la plus douce sous un ciel dégagé. Bienheureux ceux qui s'appartiennent, car la terre leur appartiendra. Ainsi pensèrent-ils. Mais l'auteur de tout cela, selon notre philosophe, ne fut autre qu'Abílio. Le petit, qui alors n'était ni petit ni même rien, se dit, dès qu'ils se furent rencontrés : « Guimarães sera mon père et Cristina sera ma mère ; c'est d'eux que je dois naître, portant en moi, comme en résumé, les qualités qui se trouvent séparément en eux. » Les entrevues des amoureux, c'était Abílio qui les préparait ; des obstacles s'opposaient-ils à leurs rencontres qu'il donnait à Guimarães le courage de les surmonter et à Cristina la

1. Machado parle de *vento minuano*, un vent du sud qui souffle sur Porto Alegre. Comme cette ville est située dans l'hémisphère sud, ce vent correspond chez nous au vent du nord.

patience de l'attendre. Les lettres, c'était lui qui les dictait. Abílio hantait leurs pensées à tous deux, sous le masque de Guimarães dans l'esprit de Cristina et le masque de Cristina dans son esprit à lui. Et il ourdissait cela de manière simultanée, comme un être qui, n'ayant pas de figure propre, n'étant rien d'autre qu'une idée spécifique, pouvait exister tout entier en deux endroits, sans perdre son identité ni son intégrité. Il parlait avec la voix de Guimarães dans les rêves de Cristina, et avec sa voix à elle dans les rêves de Guimarães, et tous deux sentaient que nulle autre voix n'était si douce, si pure, si délicieuse.

Abílio naquit enfin. Les journaux ne disent rien de ce que furent ses premiers jours. Peut-être furent-ils agréables. Il est des jours agréables sous le soleil. On ne sait pas non plus quand commencèrent les sévices, je parle des sévères, ceux qui ouvrirent les premières plaies, et non des petites tapes du début, puisque toute chose a un début, et qu'il est bien probable qu'aux premiers temps de cet enfant les coups furent appliqués avec retenue. S'il pleurait, c'est que les larmes sont comme du jus de douleur. Et les larmes sont libres, plus libres encore chez l'enfant qui tête le sein que chez les hommes sevrés.

Couvert de plaies, mis dans une caisse, on le mena à l'écurie où, par une aberration des choses humaines, se trouvaient des poules au lieu que des chevaux. On sait que celles-là, en picorant, ne mangeaient ou n'arrachaient la chair d'Abílio que par morceaux. Et là, au long de ces trois jours, on peut imaginer qu'Abílio, enclin aux monologues, en récitait un de son invention : « Qui donc a fait que ces deux-là s'épousent pour me mettre au monde ? J'étais si tranquille, si loin d'ici, que l'on aurait pu me faire cette faveur de me laisser hors de tout cela. Quel mal leur ai-je donc fait avant, si je n'étais pas né ? Quel banquet est-ce là, où l'on mange l'invité ? »

C'est à ce point du discours que le philosophe de Dantzig, s'il eût été vivant et à Porto Alegre, se serait écrié, fort de sa vieille irritation : « Tais-toi, Abílio. Non seulement tu ignores la vérité, mais tu oublies le passé. Quelle faute ont pu commettre ces deux créatures humaines, si c'est toi qui les a unis ? As-tu oublié, quand Guimarães passait et regardait Cristina, et qu'elle le regardait lui, chacun pensant à ses affaires, que c'est toi qui as fait qu'ils s'attirent et s'éprennent l'un de l'autre ? C'est ton désir ardent de voir le jour qui les a liés sous les formes d'une passion et d'un choix individuel. Ils crurent œuvrer à leur affaire, c'est à la tienne qu'ils ont œuvré. Si ton affaire a mal tourné, ce n'est pas leur faute mais la tienne, la tienne et peut-être celle d'autre chose[1]... A ce propos, le mieux que tu as à faire est de mettre à profit le temps que les poules te laisseront pour lire le passage de mon œuvre où j'explique ces choses en détail. C'est une perle. Il se trouve tome II, livre IV, chapitre XLIV... Allons, Abílio, la vérité reste la vérité même à l'heure de la mort. Ne crois pas les professeurs de philosophie, ni cette peste de Hegel... »

Et Abílio, entre deux coups de bec : « Peut-être dis-tu vrai, Arthur, mais il est vrai aussi qu'avant de venir en ce monde, je n'éprouvais nulle douleur, et aurais-je su que je devrais finir ainsi, par les mains des auteurs de mes jours, je me serais abstenu de venir. Aïe ! Ouille ! »

1. Arthur Schopenhauer fait bien entendu allusion à la Volonté, fondement de sa pensée.

20 octobre 1895

Nous recevrons l'année prochaine une visite d'une grande importance. Ce n'est pas Léon XIII, ni Bismarck, ni Crispi, ni la reine de Madagascar, ni l'empereur d'Allemagne, ni Verdi, ni le marquis Ito, ni le maréchal Yamagata. Ce n'est pas un tremblement de terre ni une peste. Ce n'est pas un coup d'Etat, ni le cours du change à 27. Disons-le sans plus attendre : c'est Louise Michel.

J'ai lu qu'un imprésario américain avait pris sous contrat la diva de l'anarchie pour une série de conférences aux Etats-Unis et en Amérique du Sud. Certaines idées ne peuvent naître que dans l'esprit des Nord-Américains. Seule une âme yankee est capable d'évaluer ce que lui rapportera une tournée de discours de cette femme célèbre, que Paris rejette et à qui Londres offre l'hospitalité qu'elle prodigue à tout le monde, des Bourbons aux Barbès. Je ne puis pour l'heure affirmer que Barbès a séjourné à Londres ; mais je le cite car son nom, proche par les sonorités, est à l'opposé des Bourbons pour ce qui est des principes sociaux et politiques. Ainsi s'expliquent bien des erreurs de date et de biographie, pour l'équilibre des phrases et les besoins du style.

Depuis que j'ai lu cette nouvelle, je songe aux effets de la venue de Louise Michel à Rio de Janeiro. La première chose qu'elle verra, après notre belle baie, c'est le quai

Pharoux, envahi de gens curieux, muets, effarés. La foule formera des haies, non sans difficulté, puisque chacun voudra la voir de près, et la couleur de ses yeux, et sa démarche, et sa malle. Une fois dans la calèche, avec l'imprésario et l'interprète, elle se rendra à l'Hôtel des Etrangers, où elle aura à sa disposition des appartements vastes et confortables. Les autres clients, au lieu de fuir sa compagnie, voudront vivre auprès d'elle, respirer l'air qu'elle respire, l'entendre parler de politique, lui demander des nouvelles de la Commune et d'autres institutions.

Installée depuis dix minutes, elle recevra la carte de visite d'une personne désirant lui parler : c'est notre Luís de Castro, qui vient faire son reportage sur la vie de Rio. Louise Michel s'étonnera de la correction avec laquelle le représentant de la *Gazeta de Notícias* parle français. Elle lui demandera s'il est né en France.

– Non, madame, mais j'y ai séjourné quelque temps ; j'aime Paris, j'adore la langue française. Je viens de la part de la *Gazeta de Notícias* pour entendre votre avis sur quelques points ; l'entretien sera publié demain, avec un portrait de vous. D'après ma carte de visite, vous avez pu constater que nous étions homonymes : vous êtes Louise, je suis Luís. Venons-en toutefois à ce qui nous importe...

Une fois l'entretien terminé, ce sera le tour d'un directeur de théâtre, qui vient offrir à Louise Michel une loge pour demain soir. Un poète viendra lui présenter son dernier recueil de vers : *Déluges sociaux*. Trois jeunes filles demanderont à la diva, comme une faveur, de leur dire qui l'emportera, du lion ou du mouton[1].

1. Ces jeunes filles font allusion au *Jogo do bicho*, « le jeu de l'animal », loterie plus ou moins clandestine où l'on mise sur douze animaux. Louise Michel ne comprend évidemment pas la question.

– Le mouton, mesdemoiselles ; le mouton, c'est le peuple, il vaincra, et le lion sera écrasé.

– Alors il ne faut pas acheter du lion ?

– Ni en acheter, ni en vendre. Qu'est-ce que vendre ? Qu'est-ce qu'acheter ? Tout appartient à tous. Oh ! Oubliez ces formules, qui n'expriment que des idées tyranniques.

Puis surviendra une commission de l'Institut historique, qui lui dira franchement être opposée aux principes qu'elle défend, mais qui, désireuse de recueillir des documents et des témoignages concernant l'histoire de la Patrie, aurait besoin de savoir à quel point communisme et anarchisme sont liés à cette partie de l'Amérique. La diva répondra que, mis à part l'affaire de l'Amapá[1], rien ne peut être véritablement qualifié de communisme par ici. Qu'elle apporte cependant des idées qui visent à détruire et à reconstituer la société, et qu'elle espère voir le peuple les adopter pour le grand jour. La commission répond que la victoire future ne la concerne pas, et elle se retire.

Le soir est tombé : la diva veut dîner, elle meurt de faim ; mais on annonce une autre commission, et l'imprésario a beau tenter de remettre l'entrevue à demain ou à la fin du repas, la commission insiste pour parler à Louise Michel. Elle ne vient pas seulement la féliciter, elle voudrait traiter des intérêts supérieurs de la révolution ; ce

1. En 1892, faisant suite à quelques troubles épisodiques, des aventuriers français menés par un certain Trajano tentèrent de s'emparer d'une partie de l'Amapá, zone limitrophe entre la Guyane française et le Brésil, où de l'or avait récemment été découvert. Après un accrochage naval, l'affaire fut soumise à un arbitrage international, qui donna raison au Brésil. Cet épisode est connu sous le nom de Contesté franco-brésilien.

sera l'affaire de quinze minutes. Louise Michel fait entrer la commission.

– Madame, dira l'un des cinq délégués, le motif principal de notre venue est ce qui pour nous est le plus grave. Nous venons demander à Votre Excellence qu'elle nous défende et nous protège par la parole que Dieu lui a donnée. Nous savons que Votre Excellence vient faire la révolution, et nous, nous la voulons, nous la demandons...

– Pardon, mais je viens seulement prêcher des idées.

– Des idées suffisent. Dès lors que vous prêcherez les bonnes idées révolutionnaires, nous pourrons considérer la chose faite. Madame, nous venons demander votre secours contre les oppresseurs qui nous gouvernent, qui nous volent, qui nous dominent, qui nous appauvrissent : les locataires. Nous sommes des représentants de l'Union des propriétaires. Vous avez dû voir, Excellence, quelques maisons, bien rares il est vrai, ornées d'une plaque au nom de l'association qui nous envoie.

Louise Michel, les yeux brûlants, emplie d'émotion, dira que, venant d'arriver, elle n'a pas eu le temps de regarder des maisons ; elle demande à la commission de tout lui raconter. Alors comme ça, les locataires... ?

– Ils sont les maîtres de ce pays, madame. C'est nous les serviteurs ; d'où notre Union.

– En Europe, c'est le contraire, observe-t-elle ; les locataires, les prolétaires, les réfractaires...

– Quelle différence ! Ici, c'est nous qui devons nous unir, et nous sommes encore bien peu, car la plupart ont peur et se retirent. Il n'y en a que pour le locataire. Le moindre de ses défauts est de ne pas payer au jour dit ; certains ne payent jamais, d'autres se moquent du propriétaire de la maison. C'est nouveau, cela remonte à quelques années. De toute notre vie bien avancée, jamais nous n'avons vu chose semblable. Imaginez, Excellence...

– Ainsi il n'y en a que pour les locataires...

– Ils ont tous les droits, et plus encore...

Et Louise Michel, sursautant :

– Mais alors, ça y est ! C'est l'anarchie, c'est le communisme...

– Justement, madame, c'est l'anarchie...

– Sainte anarchie, *caballero*, l'interrompra la diva, donnant ce qualificatif espagnol au chef de la commission, sainte anarchie, anarchie trois fois bénie ! Que venez-vous me demander, vous autres, propriétaires ? Que je défende vos loyers ? Mais que sont les loyers ? Une convention précaire, un instrument d'oppression, un abus de pouvoir. Tolérés au même titre que la torture, le bûcher ou la prison, les loyers devront cesser avec les autres supplices. Vous touchez à votre fin. Si vous vous liguez contre les locataires, c'est que votre perte est certaine. Le gouvernement appartient aux locataires. Ce ne sont plus les aristocrates qui doivent être pendus ; c'est vous :

Ça ira, ça ira, ça ira,
Les propriétaires à la lanterne !

N'ayant compris que le dernier mot, la commission n'attend pas que l'interprète traduise tous les concepts de la grande anarchiste ; et, sans soupçonner qu'elle fait impudemment un jeu de mots ou quelque chose d'approchant, les délégués jurent que c'est faux, que les propriétaires n'installent pas des lanternes dans les maisons, mais la tuyauterie du gaz. Et si le gaz est cher, ce n'est pas leur faute, mais celle des finances belges ou des dépenses excessives des locataires. Ce serait tout de même drôle qu'ils dussent, en plus de perdre les loyers, payer le gaz. Et les taxes sur l'eau ? Et les impôts ? Et les réparations ?

Louise Michel profite d'une pause de la commission pour lancer trois vivats à l'anarchie et déclarer à l'imprésario qu'elle embarquera le lendemain pour s'en aller prêcher ailleurs. On n'a que faire de propagande dans un pays où les propriétaires se trouvent dans une si misérable et si juste condition qu'ils doivent s'unir contre les locataires. L'imprésario, indigné, sort de sa poche le contrat et le lui montre. Louise Michel en fulminant lâche des jurons. Qu'est-ce qu'un contrat ? demande-t-elle. La même chose qu'un loyer, une spoliation. L'imprésario s'irrite et la menace. La commission cherche à l'apaiser avec des expressions anglaises : *time is money, five o'clock...* L'interprète se perd dans les traductions. Et moi, plus heureux qu'eux tous, je termine ma semaine.

Bibliographie

EDITIONS DE REFERENCE

Pour les nouvelles : ASSIS, Joaquim Maria Machado de, *Contos, uma antologia*, organisation, introduction et notes de John GLEDSON, São Paulo, Companhia das Letras, 1998.

Pour les chroniques :

DE LUCA, Heloisa Helena Paiva (organisatrice), *Balas de Estalo de Machado de Assis*, edição completa e comentada, São Paulo, Annablume editora, 1998 (pour les chroniques datées de 1883 à 1885).

ASSIS, Joaquim Maria Machado de, *Obras completas*, Rio, editora Aguilar, 1961, vol. III

PUBLICATIONS ORIGINALES, EN REVUE ET EN RECUEIL

Nouvelles :

« Théorie du médaillon » : « Teoria do Medalhão », *Gazeta de Notícias*, 18 décembre 1881. *Papéis Avulsos*, Rio, Garnier, 1882.

« Le Secret du bonze » : « O Segredo do Bonzo », *Gazeta de Notícias*, 30 avril 1882. *Papéis Avulsos*, Rio, Garnier, 1882.

« Le Miroir » : « O Espelho », *Gazeta de Notícias*, 8 septembre 1882. *Papéis Avulsos*, Rio, Garnier, 1882.

« Dernier chapitre » : « Último Capítulo », *Gazeta de Notícias*, 20 juin 1883. *Histórias sem data*, Rio, Garnier, 1884.

« Fulano », *Gazeta de Notícias*, 4 janvier 1884. *Histórias sem data*, Rio, Garnier, 1884.

« Evolution » : « Evolução », *Gazeta de Notícias*, 24 juin 1884. *Relíquias de casa velha*, Rio, Garnier, 1906.

« Seul ! » : « Só ! », *Gazeta de Notícias*, 6 janvier 1885. Non publiée en recueil du vivant de Machado de Assis.

« Idées de canari » : « Idéias de Canário », *Gazeta de Notícias*, 15 novembre 1895. *Páginas recolhidas*, Rio, Garnier, 1899.

Chroniques :

« 15 juillet 1883 », signée Lélio, *Gazeta de Notícias*. Publiée par Raymundo Magalhães Júnior dans le recueil *Crônicas de Lélio*, Rio, éd. Civilização Brasileira, 1958.

« 13 janvier 1885 », signée Lélio, *Gazeta de Notícias*. Publiée par Jean-Michel Massa, in *Dispersos de Machado de Assis*, Rio, MEC/Instituto Nacional do Livro, 1965.

« 16 juin 1895 », « 20 octobre 1895 », *Gazeta de Notícias*. In *Obras completas*, Rio de Janeiro, W.M. Jackson, 1937.

Table

Introduction de Florent Kohler 7
Théorie du médaillon 43
Le Miroir 55
Le Secret du bonze 69
Dernier chapitre 81
Fulano 93
Evolution 103
Seul ! 113
Des idées de canari 125
15 juillet 1883 132
13 janvier 1885 137
16 juin 1895 : auteur de ses jours 142
20 octobre 1895 146
Bibliographie 152

Impression réalisée sur CAMERON par

BUSSIÈRE CAMEDAN IMPRIMERIES

GROUPE CPI

à Saint-Amand-Montrond (Cher)
en décembre 2001

Cet ouvrage a été composé par
I.G.S. - Charente Photogravure à L'Isle-d'Espagnac (16)

N° d'édition : 2452001. — N° d'impression : 015505/1.
Dépôt légal : janvier 2002.

Imprimé en France